# XOCHIYAO

## Lalaith Quetzalli

PUKIYARI EDITORES
www.pukiyari.com

*Para Estrellita*

# Índice

*Una organización que ha existido entre las sombras durante generaciones, cargando el secreto más grande de la historia. Un cambio que traerá gran prosperidad o gran desastre. El destino de dos mundos en las manos de un selecto grupo de pioneros, y entre ellos, una flor...*

# Prólogo

¿Alguna vez han leído uno de esos libros de aventuras y soñado ser parte de ellas? ¿Deseado vivir como alguno de esos caballeros andantes, que van de pueblo en pueblo salvando doncellas en desgracia?, ¿o quizás como alguna de esas guerreras enmascaradas, que buscan salvar el mundo sin importar lo que tengan que sacrificar? Si es así, piénsenlo de nuevo; pues las aventuras reales no son un cuento de hadas, si lo sabré yo…

No busco criticar los deseos de nadie, pues admito que hace seis meses yo hubiera querido lo mismo. A decir verdad, no solo lo soñé, sino que lo viví, y las consecuencias fueron más asombrosas y aterradoras de lo que jamás hubiera creído posible. Pasé de ser la chica fantasiosa que se pierde en su mundo de ensoñación, a ser la mujer que vive día con día agradeciendo el poder llevar esta vida, en un mundo tan increíble como el nuestro. No fue un cambio fácil; me costó sudor, risas, lágrimas y sangre… pero me estoy adelantando… Esta es una historia que les resultará tan inverosímil, que no me creerán si no se las cuento desde el comienzo, y aún así existe la gran probabilidad de que no me crean.

Todo comenzó una mañana de febrero…

# Capítulo 1

# **Guardiana**

Esa mañana amaneció como todas las mañanas de esa semana; en otras palabras: lluviosa, fría y aburrida. Escuché el traqueteo ocasionado primero con la partida de mis padres al trabajo y, minutos más tarde, de mi hermana a la universidad; mientras yo seguía en la misma posición, enroscada debajo del edredón de mi cama. Encendí mi reproductor de mp4 y me distraje un rato escuchando música, pero ni siquiera eso era suficiente para entretenerme por mucho tiempo. Finalmente decidí que ya iba siendo hora de levantarme de la cama y eso hice.

Mientras me vestía, mi mente rememoró lo que soñé aquella noche, siempre tuve sueños extravagantes, eso no era nada nuevo, pero últimamente había encontrado una constante en ellos; sin importar el lugar o la situación que estuviera soñando, podía ver siempre cerca lo que creía yo era un puma de pelaje oscuro, o al menos algo muy parecido a ese animal. Esa noche en particular me vi nadando en el canal; algo que en la realidad jamás hubiera sido posible, puesto que el canal está tan lleno de agua contaminada que nadie nunca se hubiera atrevido a meterse ahí. A la distancia pude distinguir a aquel felino negro, pero además en el agua, no muy lejos de mí, me pareció ver algo así como una serpiente; y por si eso no fuese lo suficientemente insólito, también noté algo más: un extraño símbolo que parecía tener grabado en su escamosa piel.

Moví mi cabeza en un intento por desvanecer las imágenes que ocupaban mi atención; lo que menos quería en ese momento era caerme o tener alguna otra clase de accidente porque estaba distraída, otra vez. Sí, esa es una situación relativamente común en lo que a mí respecta. Desayuné casi en automático, pensando en qué haría ese día para distraerme, cuando de pronto reparé en una nota pegada en el refrigerador, no tuve problemas para darme cuenta que era la letra de mi mamá, el mensaje era sencillo y directo: *"Haz algo por la humanidad"*.

Sip, esa era mi madre, no le agradaba que yo me la pasara todo el día en la casa sin hacer nada. Aunque eso no era precisamente porque fuera una desobligada. Con veintidós años de edad, acababa de terminar la universidad apenas dos meses atrás y hacía una semana que había ido a recoger mi carta de pasante; pero aún faltaban varios meses para que me pudieran entregar mi título, y mientras aguardaba me topé con la desagradable sorpresa de que casi nadie acepta contratar a una recién egresada, y menos sin un título y una cédula profesional. Mi padre me sugirió que comenzara una maestría para hacer útil la espera; pero aunque exploraba folleto tras folleto, nada me convencía. Mis padres decían que era falta de interés, de madurez, que no me interesaba superarme, seguir con mi vida; lo cierto es que ni yo misma sabía qué quería hacer de mi vida.

Decidí limpiar un poco la sala y el comedor para aplacar a mi madre, una tarea que me tomó casi una hora con mis constantes divagaciones. Apenas terminé, me senté en una silla a descansar, contemplando qué haría después. Había parado de llover, aunque seguía nublado, yo decidí que no tenía ganas de quedarme en mi casa. Así que, sin más, tomé un rompevientos que podía hacer las veces de impermeable, mis llaves y salí a la calle.

Estuve vagando por lo que debieron ser horas, aunque ni yo estoy segura. Me di cuenta que era una de las pocas personas que estaba en la calle en ese momento, lo cual podía deberse a la hora o al clima, la verdad no me importaba mucho. Eventualmente llegué al Perimetral, un bulevar que da la vuelta a buena parte de la laguna que hay muy cerca del centro de la ciudad. Decidí que tal vez podría sentarme en una de las bancas por un rato, estaba cansada de tanto caminar; así que me dirigí en la dirección de la más cercana. Casi estaba a punto de llegar cuando ocurrió algo inesperado, algo que, sin yo saberlo, cambiaría mi vida para siempre.

Noté por el rabillo del ojo a una mujer que se acercaba corriendo, llevaba una blusa algo ajustada y una falda que por ambos lados tenía tajos y que le llegaba hasta la parte alta de los muslos, sus pies iban descalzos, aquello me pareció una locura, ¡estábamos a menos de quince grados! Y la humedad por la reciente lluvia hacía que el frío se sintiera aún más.

Me esforcé por hacerme a un lado al notar que la chica no estaba poniendo mucha atención a la dirección en que corría, pero sus movimientos eran tan erráticos que terminó chocando conmigo de todas maneras. Yo esperaba que de inmediato se alejara un poco de mí y siguiera corriendo; pero en lugar de eso, se quedó inmóvil, mirándome en silencio.

—¿Se encuentra bien? —le pregunté, no se me ocurría nada más que decir.

Ella empezó a murmurar cosas que no pude comprender, palabras en algún otro idioma tal vez, no lo sabía.

—No la entiendo —le dije al cabo de unos segundos.

Pero ella seguía insistiendo, repitiendo las mismas palabras una y otra vez, y yo seguía sin entender.

—No comprendo —le repetí, esta vez gesticulando y agregando ademanes, en un intento por hacerme entender.

Y al parecer lo conseguí, ella frunció el ceño y guardó silencio por un rato; pensé que se marcharía, al darse cuenta que no había manera de comunicarnos efectivamente, pero en vez de eso empezó a hablar de nuevo.

—*Tlitanecuil...* —me pareció que dijo, al tiempo que se señaló a sí misma—. *Tlayoloti...* —Apuntó con su dedo a un pequeño objeto que acunaba en sus manos, envuelto en tela—. *Ecahuia.* —Y entonces, para mi gran sorpresa, puso el mencionado objeto en mis manos, cubriéndolo con ambas y empujándolo hacia mi pecho—. *Tapian...*

—¿Qué? —No tenía ni idea de lo que estaba sucediendo, pero me ganaba la sospecha de que si pudiera entenderlo no me gustaría en lo más mínimo.

—*Tlapiani...* —repitió ella, señalándome a mí, y esta vez pude comprender un poco más la palabra que dijo, aunque no supiera qué significaba.

—¿*Tlapiani*? —repetí yo—. ¿Qué significa eso? —Extendí mis brazos con el objeto aún dentro de mis manos—. ¿Qué es esto? —pregunté, abriendo mis manos y apuntando con mi cabeza hacia lo que ella depositó allí instantes antes.

Ella no me respondió, quizás tenía tanta dificultad entendiéndome a mí como yo a ella. En vez de eso, se quitó lo que parecía una cinta de cuero de su cuello, y de la que pendía un trozo de madera con un extraño símbolo grabado; lo depositó en mis manos, sobre el objeto envuelto.

—*Ecahuia* —me repitió.

Y antes de que pudiera reaccionar, preguntarle qué estaba sucediendo, echó a correr de nuevo. La vi dirigirse a toda prisa hacia el puente, una construcción de madera y metal que atraviesa la laguna de lado a lado, permitiendo a los transeúntes cortar camino. Estaba a punto de llamarla, gritarle que no la había entendido, cuando por el rabillo del ojo me percaté de algo más, un grupo de hombres enfundados en ropas negras que bajaron de una camioneta, apenas unos metros delante de mí; se veían muy sospechosos, y extremadamente fuera de lugar.

Vi cómo avanzaban, sus movimientos eran rápidos y fluidos, aunque algo me hacía sentir que eran también amenazantes, que esos hombres representaban un peligro del que yo no quería saber. Pasaron cerca de donde yo estaba, en dirección al puente peatonal, apresurándose hasta alcanzar a aquella misteriosa mujer. Uno de ellos le tocó el hombro, y entonces todo se trastornó.

—¡*Mictanteculi!* —gritó la mujer en aquel desconocido lenguaje. Se soltó del hombre y echó a correr por el puente, y los hombres comenzaron a perseguirla. No supe exactamente por qué, pero no pude evitar desear que corriera más rápido, sentía que algo horrible sucedería si aquellos hombres llegaban a alcanzarla.

Y entonces algo totalmente inesperado ocurrió: ella se detuvo en seco, justo a la mitad del puente, y cuando el primero de los hombres estaba por ponerle las manos encima otra vez, saltó. Se arrojó del puente y cayó directo en la laguna.

Ahogué un grito con mis manos, aquello era una locura, la laguna estaba llena de cocodrilos, nadie debía entrar en ella, era suicidio. Vagamente noté que los hombres parecían estar molestos, mucho, y que la mujer no salía del agua; pero no tuve tiempo de confundirme ni preocuparme por ninguna de estas dos revelaciones, porque fue en ese momento que recordé las cosas que tenía en mis manos, las cosas que la mujer me había entregado. ¿Sería posible que esa fuera la razón por la que los hombres la perseguían? ¿Qué sería de mí si se daban cuenta que yo las tenía?

Por un momento consideré acercarme a ellos, ofrecerles los objetos; pero una fuerza, una clase de instinto dentro de mí me dijo que esa sería una muy mala idea. Así que hice lo único que se me ocurrió en ese momento, hui. Antes de que los hombres pudieran percatarse de mi presencia crucé el Perimetral, alejándome de la laguna y rápidamente perdiéndome entre las calles que empezaban a llenarse de gente, y los numerosos comercios que comenzaban a abrir sus puertas al público.

No era ni mediodía y ya mi vida había cambiado para siempre.


Pasé el resto de la semana encerrada en mi casa, ni me atreví a asomar la cabeza. Ni siquiera yo estaba completamente segura por qué tenía tanto miedo; sólo sabía que nunca quería volver a ver a aquellos hombres de la camioneta negra.

Después del evento del parque, y apenas llegué a mi casa, escondí el paquetito que me dio aquella extraña mujer en el fondo de mi pequeño "Cofre de los Recuerdos", debajo de varias cartas, fotos y pequeños regalos de viejos amigos y parientes. El colgante lo coloqué en mi joyero, donde esperaba mi hermana no fuera a verlo, no tenía ni idea de cómo explicaría de dónde había salido, ni siquiera qué significaba el símbolo que tenía tallado el dije.

Durante los días que siguieron estuve pendiente de los periódicos y los noticieros con tanta discreción como pude. Quería ver si reportaban algo acerca de esa mujer, o de algún suceso fuera de lo normal ocurrido en la laguna. Nada, absolutamente nada, ni de la mujer, ni de esos hombres, nada.

No fue sino hasta la siguiente semana que finalmente me atreví a volver a salir de mi casa. Dejé el misterioso paquete, que aún no había abierto, en el pequeño cofre, y sin estar segura de exactamente por qué lo hacía até la cinta de cuero con el extraño colgante a mi muñeca antes de ponerme una chaqueta sobre mis *jeans* y blusa. Ese día había algo de sol, aunque el viento seguía sintiéndose frío.

Empecé a caminar por las calles y casi sin darme cuenta fui a dar a la laguna, exactamente al mismo lugar donde conocí a la misteriosa mujer la semana anterior. Me senté en la banca, de la forma en que quise hacerlo la última vez, y desde ahí me quedé observando a la distancia, en dirección al puente donde vi a aquella extraña mujer por última vez. Entonces empecé a contemplar qué me había llevado a ese lugar, a ese preciso punto de nuevo. ¿Es que acaso esperaba que volviera aquella extraña mujer? ¿Que reapareciera para poder devolverle aquel misterioso objeto que me entregó hacía una semana? ¿O quizás esperaba encontrar alguna pista que me permitiera comprender qué era lo que me había dicho, qué esperaba de mí cuando me entregó aquellos objetos? ¿Es que acaso me estaba volviendo loca por esperar señales de una completa desconocida para lograr algo que ni siquiera yo sabía qué era?

Sí, eso debía ser, me estaba volviendo loca. Habiendo llegado a esa conclusión me levanté de la banca con brusquedad, decidida a volver a mi casa, arrojar aquellos objetos en alguna caja en la pequeña bodega que teníamos bajo la escalera y olvidarme por completo de su existencia. Debía seguir con mi vida, o al menos tratando de averiguar qué haría de ella. No tenía tiempo como para perderlo buscando pistas de cosas que no conseguía entender, que probablemente ni existían.

Me giré, dispuesta a salir del pequeño parque, cruzar el Perimetral y sencillamente alejarme lo más rápido posible. Mi brillante plan se desvaneció apenas un instante después, al encontrar mi camino bloqueado por una figura. Se trataba de un hombre, y vaya hombre, alto, musculoso, de tez morena, cabellos negros revueltos y algo largos, ojos de un color que parecía estar entre café oscuro y negro; llevaba puestos unos pantalones de lo que parecía piel, aunque se veían algo diferentes a lo que usualmente relacionaba con piel, como menos trabajados, y encima un chaleco de una tela que parecía demasiado delgada para el clima que había en ese momento.

—Disculpe —dije yo intentando hacerme a un lado.

Escuché una respuesta que no se registró del todo en mi cerebro, hasta que una parte comprendió que no la entendí porque él no habló en mi mismo idioma, pero sí en uno que sonaba extraordinariamente parecido al que utilizó aquella misteriosa mujer de la semana previa.

Y ahí íbamos otra vez, definitivamente debía estar más loca de lo que alguna vez creí posible, y justo ahora que me había prometido dejar todo ese problema atrás...

Su voz diciendo algo más me sacó de mis pensamientos, me percaté que tenía una voz grave y potente, y su acento era uno que jamás había escuchado en nadie.

—¿Perdón? —inquirí avergonzada por haberme hundido tanto en mis pensamientos. Nunca me gustó la manera en que otras personas me miraban cuando divagaba, o se burlaban de mi expresión ausente, o se molestaban, y eso me apenaba bastante—. Me temo que no entiendo su idioma.

—¿Está... bien? —su voz se escuchaba extraña al hablar en español, como si no acostumbrara a hacerlo con frecuencia.

—Yo… sí. —Por un atolondrado instante consideré la posibilidad de preguntarle si conocía a la mujer que había visto antes, aunque luego se me ocurrió que no existía ninguna razón lógica para que ambos individuos se conocieran; y él seguramente pensaría que estaba chiflada si lo empezaba a interrogar sin siquiera conocerlo—. Disculpe, debo marcharme.

Me dispuse a hacer precisamente eso, pero antes de poder dar siquiera tres pasos me encontré inmovilizada; el extraño hombre me sujetaba el brazo. Intenté soltarme, pero resultó imposible, por más esfuerzos que hiciera lo único que lograba era lastimarme a mí misma.

Noté que él estaba hablando otra vez, y de nuevo en aquel otro lenguaje desconocido para mí, aunque ya comenzaba a identificarlo.

—¡Suélteme! —le insté—. Y ya le dije que no le entiendo, no conozco su lenguaje.

Por toda respuesta él giró mi brazo, con algo de brusquedad, alzándolo y señalándome mi muñeca… o más bien algo que llevaba en mi muñeca, el extraño colgante.

—¿Qué con eso? —inquirí, me estaba poniendo nerviosa, muy nerviosa.

¿Y si ese hombre no estaba de parte de la mujer que me diera los objetos, sino de los hombres que la estaban persiguiendo? ¿De parte de quién debería estar yo? ¿Y por qué tenía que estar de parte de nadie?

—¿Dónde... Acoat? —me preguntó él sin soltarme.

Consideré por unos momentos gritar, llamar la atención de algún transeúnte, o quizás alguno de los automovilistas que pasaban cerca para poder alejarme de aquel hombre, pero entonces lo sentí, el mismo instinto que días antes me llevó a huir de aquellos hombres de negro ahora parecía incitarme a quedarme, a hablar con ese hombre de ojos oscuros.

Me seguía preguntando qué tan sabio sería decirle la verdad a este desconocido, o si acaso pensaría que estaba loca... *hey*, yo lo pensaría. El hombre pareció notar mi vacilación y se sacó una cinta de cuero delgada de debajo de su chaleco, llevaba sujeta al final un colgante idéntico al que yo tenía.

—Ella me lo dio —dije yo en un murmullo, dirigiendo mi vista de nuevo hacia el puente.

—¿Ella? —me preguntó él confundido.

—No sé quién era, no me dijo su nombre —le expliqué—. Y lo que sí me dijo no lo entendí, hablaba un lenguaje extraño... igual que tú.

—Acoatl... ¿Recorda... Recuerda qué dijo? —me preguntó él con lentitud, de pronto parecía más nervioso que yo.

—Ella me dijo... —Tuve que concentrarme mucho—. *Titanecui... Tlitanecui...* algo así. *Ta...* no, *Tlayoloto...* eso creo. *Ecahuia, Tapia... Tlapiani,* sí.

Estaba casi segura que pronuncié mal la mayoría de las palabras, sólo la última me la confirmó la mujer suficientes veces como para que yo estuviera segura de la pronunciación, las demás eran apenas el vago recuerdo que tenía de cuando las dijo. A pesar de lo poco que le ofrecí, pareció ser suficiente para él.

Empezó a murmurar en voz baja, aparentemente intentando desmenuzar lo que le acababa de decir.

—*Tlitlanecuilli, Tlayolohtli, Ecahuia, Tlapiani* —él recitó las palabras una por una—. ¿Fueron esas las palabras?

—Supongo que sí —contesté encogiéndome de hombros—. No entendí lo que decía, por lo que no estoy completamente segura.

—¿Te entregó algo? —me preguntó él de improviso—. Necesito saberlo ¿te dio ella algo, un objeto, muy probablemente envuelto en tela?

¿Cómo sabía él eso? ¿Acaso era suyo el objeto?

—Acoatl era una... mensajera, eso es lo que *Tlitlanecuilli* significa —me empezó a explicar—. Ella debía llevar consigo un objeto, el *Tlayolohtli*, en tu lengua lo llamaríamos el "Corazón de la Tierra"; necesito saber si te lo dio.

Pese a que la última semana no quise nada más que saber a quién pertenecía aquel desconocido objeto y entregarlo, en ese momento no pude evitar sentir que no debía entregarlo todavía, que había más.

—¿Qué significan las otras palabras? —le pregunté.

Me miró atentamente por unos segundos que parecieron eternos, no estaba segura si sería porque estaba molesto que no le hubiera contestado o si acaso había algo en esas palabras que él no quería que yo supiera.

—*Ecahuia* significa "proteger" —explicó él con vacilación—. *Tlapiani* es una forma en que decimos "guardián".

Mi mente comenzó a trabajar de inmediato, ella me dijo *"ecahuia"* cuando me entregó el objeto, eso significaba que quería que yo protegiera eso, lo que sea que fuera; y *"Tlapiani"*, lo dijo al tiempo que me señalaba a mí, me nombró a mí como guardiana, no estaba segura si eso era algo que debía enorgullecerme o aterrarme; después de todo, yo realmente no sabía nada de lo que estaba sucediendo.

—Esos hombres la estaban persiguiendo… —murmuré casi sin darme cuenta, recordando la parte más aterradora de aquella experiencia.

—¿Hombres? —me preguntó.

—En una camioneta negra, con los vidrios polarizados —expliqué, aquella memoria inundando mi mente como si acabara de suceder—. Debieron haberla estado siguiendo desde hacía algún rato, la forma en que corría…y después, en el puente, se detuvo a la mitad, y justo antes de que pudieran alcanzarla… saltó.

—¿Saltó? —repitió él. Yo esperaba que sonara triste, o al menos preocupado, ¿no debía ser así si realmente conocía a esta mujer?

—Sí, y después no salió, o al menos no la vi salir —respondí—. No sé qué habrán hecho los hombres luego, yo me marché lo más rápido que pude, tenía miedo, tanto miedo. Y ni siquiera sé por qué, no tengo ni idea de quiénes eran, o lo que podrían querer, yo sólo sentí un profundo terror y… corrí.

El silencio prevaleció por unos segundos, hasta que recordé algo más:

—¡*Mictantecutli!* —grité de pronto.

—¿Eh? —él pareció confuso por un momento—. ¿*Mictlantecuhtli*?

—Sí, eso —asentí yo—. Ella dijo eso, justo antes de saltar.

Él asintió, como si ya se lo esperara.

—¿También sabes qué significa eso? —inquirí yo.

—En tu lenguaje sería, "Señor de la Muerte" —respondió él con un tono sombrío—. Es una palabra que nosotros usamos para referirnos a aquellos que siguen el camino de la muerte, que la buscan, que la alaban…

En otras palabras: psicópatas asesinos… genial.

—Con todo lo que me has dicho, me doy cuenta que la situación es peor de lo que creía —declaró él de pronto, me soltó el brazo sólo para sujetarme de los hombros—. Necesito que me digas si Acoatl te dio algo el día que la viste, es muy importante. Por favor.

—Me dio un paquete pequeño, envuelto en tela —admití yo finalmente—. Ni siquiera sé que hay dentro, no lo he abierto, lo juro. Después de que me lo entregó se quitó el colgante y me lo dio, echó a correr en dirección al puente y el resto ya te lo dije.

—¿Aún tienes el paquete? —inquirió.

—Sí, escondido —asentí sin dudar.

Lo empecé a guiar por calles poco transitadas en dirección a mi casa, no le temía a él, aunque sí a los hombres que había visto perseguir a la mujer, Acoatl; presentía que lo mejor era tratar de ocultar que lo conocía, que yo estaba relacionada en este asunto, mientras fuera posible. Lo que menos quería era que me empezaran a perseguir a mí aquellos hombres, o a alguien de mi familia.

Claro que siempre que hago un plan así, algo tiene que salir mal.

Debí habérmelo esperado, las cosas funcionaron demasiado bien esa mañana; y es que debió ser evidente que él no sería el único que estaría intentando rastrear el paradero de aquel misterioso paquete. ¿Cómo no se me ocurrió que aquellos hombres debían haber estado haciendo lo mismo? No se me ocurrió porque yo aún no era plenamente consciente de en qué me estaba metiendo.

No teníamos ni diez minutos caminando cuando de pronto, mientras cruzábamos la calle, me pareció ver una camioneta negra pasar a una calle de distancia; una camioneta negra con los vidrios polarizados.

Mis instintos reaccionaron incluso antes que mi mente, me oculté a la vuelta de la esquina, jalando a mi acompañante tras de mí, apenas a tiempo. Desde mi posición ventajosa pude alcanzar a ver pasar otra camioneta una calle detrás de nosotros.

—Nos están buscando… —murmuré yo, esforzándome en mantenerme serena, centrada, tenía que pensar algo para salir de esa—. Esos hombres, deben haber estado cerca de la laguna también, deben haberme visto platicando contigo… tus ropas no son muy discretas déjame decirte…

—Lo siento —se disculpó él—. Seguro esperan que los guiemos hasta el Tlayolohtli…

—Y algo me hace pensar que eso es exactamente algo que no debemos hacer —deduje.

No necesitaba muchas explicaciones, algunas cosas las podía inferir yo sola, como eso, y que estaríamos en graves problemas si aquellos hombres nos encontraban. Entonces se me ocurrió un plan, no era muy brillante, pero era lo único que tenía en ese momento.

—Ven —le dije, y comencé a jalarlo en una dirección diferente.

Nos tomó cinco minutos más llegar hasta el centro de la ciudad. Fue entonces que me percaté de que las camionetas nos habían encontrado y nos seguían; pero en vez de ocultarme, simplemente me introduje entre las calles centrales, esas calles habían sido cerradas a la circulación vehicular, debido a que demasiada gente pasaba continuamente por ellas.

—¿Qué estás haciendo? —me preguntó mi acompañante, confundido.

Varias personas se detenían a mirarnos, aturdidos acerca de su atuendo y apariencia en general, pero los ignoramos y seguimos caminando.

—Me percaté de algo cuando vi esas camionetas —le expliqué—. El color de sus placas, no son de por aquí.

—Vienen del sur —dijo él con sencillez, ya lo sabía.

—No importa de dónde vienen exactamente, al menos no en este momento —dije yo restándole importancia a los detalles—. Lo que importa ahorita es que ellos no son de esta ciudad... y yo sí.

Él lo entendió minutos después, cuando lo hice atravesar una tienda que tenía puertas en lados opuestos de la misma cuadra, de ahí lo llevé a través de la plaza central de la ciudad, excepto que en vez de atravesarla por completo lo hice esperar en el centro unos minutos. Apenas me pareció ver pasar las camionetas de nuevo eché a correr en la dirección en que habíamos venido, apenas a tiempo para subirnos a un autobús. Pagué los pasajes de ambos y luego lo apresuré hasta un lugar en la parte de atrás. Me asomé varias veces, asegurándome de que no nos seguían, y por fin ya pude respirar tranquila.

—Listo —declaré, relajándome por primera vez en la casi media hora que duró la persecución—. Los perdimos... Eso fue... —Casi me reí al darme cuenta que había dejado a mi misterioso acompañante sin palabras—. Te lo dije, ellos no conocen esta ciudad, yo sí, eso nos da ventaja —dije simplemente—. Aunque no sé cuánto nos vaya a durar…

Era optimista, pero no loca, sabía que tarde o temprano nos iban a encontrar, eso era inevitable, lo que importaba era que hiciéramos lo más posible con el tiempo que tuviéramos; qué íbamos a hacer exactamente… eso era algo de lo que no tenía idea.

## Capítulo 2

# Macuilxóchitl

El viajecito duró veinte minutos. Nos bajamos al final de la ruta, junto con unos cuantos pasajeros, y desde ahí lo guie por un par de calles sin pavimentar, hasta que llegamos a un terreno en particular, el frente estaba dividido entre una cochera vacía y el escaparate de una tienda cerrada. Me paré en seco en ese momento.

¿Cómo no lo había notado antes?

—¿Qué sucede? —me preguntó él, preocupado.

Por toda respuesta le señalé el escaparate; la tienda se llamaba "El Regalo de la Tierra", y era imposible ver qué vendían pues las cortinas interiores estaban corridas. Pero lo que realmente me sobresaltó fue el hecho de que, en una esquina, estaba pintado un símbolo que en la última semana llegué a conocer bastante bien porque lo vi cada vez que posé mis ojos en el colgante que me dejó Acoatl junto con aquel paquete…

—Es el símbolo de *Macuilxóchitl* —me explicó mi acompañante. –La traducción literal sería "Cinco flor"; entre mi gente es un título que se le da a ciertas personas, sobresalientes.

—¿Por eso el símbolo está grabado en los colgantes? —le pregunté.

El asintió, pero no quiso dar más explicaciones, un corto vistazo al colgante en mi muñeca me recordó lo que debía significar para él que yo supiera aquello, el que yo llevara puesto uno similar, no porque me lo hubiera ganado, sino porque por azares del destino una mujer que sí se lo ganó decidió que yo era la persona indicada para guardarlo antes de partir y desaparecer mientras era perseguida por aquellos criminales.

Eso me hizo pensar en algo más: ¿Me había elegido ella realmente? No sólo para llevar el colgante, sino también para cuidar aquel "Corazón de la Tierra". ¿O era tan sólo que yo había sido la única persona cercana, la única que podía ayudarla a evitar que la persona equivocada obtuviera esos objetos? ¿Le hubiera dado ella, Acoatl, esos objetos a quien quiera que hubiera estado en mi lugar en ese momento?

—¿Todo bien? —me preguntó él.

—Sí —le mentí—. De maravilla.

Saqué mis llaves, y haciendo uso de una que no utilizaba muy seguido abrí la reja que daba a la calle, y después entramos por la puerta que daba a la cochera.

—¿Es buena idea venir a tu casa cuando pueden estarnos siguiendo? —interrogó él, no muy convencido de mi inteligencia al decidir nuestro rumbo.

—No nos están siguiendo —le aseguré—. En este momento esos hombres deben seguir vagando por el centro de la ciudad. Y en todo caso, esta no es mi casa.

—¿No? —Eso pareció confundirlo todavía más.

—No, al menos no precisamente —busqué cómo explicarle mientras abría un clóset y buscaba a tientas el interruptor principal, para poder tener energía eléctrica—. Esta casa pertenecía a mi bisabuela, ella falleció hace poco, me heredó esta casa. No me preguntes por qué específicamente a mí, nadie de la familia lo entiende, ni siquiera mis propios padres. Ella y yo fuimos muy unidas durante toda mi vida, pero jamás consideré que podría hacer algo así. Quiero creer que ella tenía algún plan para mí, para este lugar cuando decidió heredármelo, pero no tengo idea.

—La tienda… —comenzó él.

—Es una tienda de artesanías —le expliqué—. Artesanías de culturas prehispánicas, la mayoría son imitaciones de originales, u otros objetos hechos siguiendo diseños antiguos. Son muy hermosos, aunque realmente no hay mucha gente interesada en ellos. Sé que si de mis tíos dependiera subastarían todo y le darían un nuevo uso al local; pero yo no me atrevo a hacerlo, ella quería tanto esa tienda, ese arte… siento que si no busco al menos una manera de continuar lo que ella inició sería la peor falta de respeto que jamás pudiera cometer.

Él me sonrió de pronto.

—¿Qué? —le pregunté, sorprendida por su súbito cambio de actitud.

—Creo que sí sabes por qué tu bisabuela te dejó este lugar —dijo él sencillamente.

Sí, tal vez tuviera razón; pero aceptarlo, sería comprometerme, y era algo para lo que aún no estaba lista. Él pareció darse cuenta y cambió de tema.

—El paquete… —me recordó.

—En mi casa, bueno, la casa de mis padres. Pensé que quizás lo mejor sería dejarlo ahí, por ahora; de esa forma, aunque nos encuentren no encontrarán ese objeto, que por lo poco que entiendo es algo muy valioso…

—¿Nos?

—Sí, sé que probablemente lo menos que quieres es a una entrometida como yo; pero en verdad creo que podría ayudarte, si me das la oportunidad. Creo que fui de utilidad hace una hora, en el centro, y puedo echarte una mano en lo que haga falta. Tú no pareces ser de por aquí, y si bien no dudo que tú tengas grandes habilidades para lo que sea que viniste a hacer, quiero pensar que de algo servirá mi propia experiencia.

—Es cierto cuando dices que entiendes poco de lo que está sucediendo. Y es por eso que te digo ahora que la situación es muy peligrosa, no te quieres ver involucrada.

—Pero sí quiero. Sé que suena a locura, pero realmente quiero ayudar. Quiero pensar que no fue casualidad que me encontrara a tu amiga, Acoatl, hace una semana; que hay una buena razón por la que ella me confió ese objeto que parece ser tan valioso, y no fue sólo porque era la única persona cerca; quiero creer con todas mis fuerzas que puedo hacer una diferencia, por muy mínima que sea.

—Ya la hiciste. Si no fuera por ti, los *Mictlante-cuhtli* hubieran obtenido el *Tlayolohtli*; y las consecuencias de eso hubieran sido devastadoras. Tienes razón en que Acoatl no le hubiera entregado el Corazón y su emblema a cualquiera; sintió algo en ti, algo que le hizo confiar que harías lo correcto; lo mismo que me hizo a mí acercarme a ti aún antes de ver el colgante en tu muñeca. No quiero decir que seas incapaz de ayudar, es sólo que la situación es peligrosa, muy peligrosa, muchas personas han muerto ya, y tantas más morirán si no logro cumplir con mi misión. Tú no tienes nada que ver en este asunto, creo que eres una muy buena persona y lo menos que quiero es que te conviertas en una víctima más.

—Yo tampoco quiero que muera más gente, ¿pero y si mi ayuda pudiera hacer alguna diferencia, por muy mínima que fuera? No quiero sonar narcisista ni nada parecido, sólo quisiera… ayudar, en cualquier forma posible.

Él no me respondió, yo sabía que su opinión seguía siendo la misma: yo era una chica común, que nada tenía que ver con la situación en que él se hallaba, y nuestros caminos se habían cruzado simplemente por un terrible accidente.

—Si subes por esta escalera, arriba encontrarás un baño; la segunda habitación de la derecha está vacía, puedes descansar ahí si gustas; y quizás en los clósets encuentres algo de ropa usada, si necesitas —le dije señalándole el camino—. Yo revisaré si hay algo en las alacenas para preparar un almuerzo, aunque lo más probable es que tenga que pedir comida a domicilio. Te avisaré cuando esté listo.

—Gracias —declaró él y subió.

A fin de cuentas, terminé llamando a un lugar cercano de comida rápida para pedir dos órdenes a domicilio; aproveché también para llamar a un chico de la colonia que acostumbraba hacer mandados por una módica cantidad y le encargué algunas cosas del supermercado. Si nos íbamos a quedar en esa casa al menos por unos días necesitaríamos provisiones.

Mientras llegaban los encargos, me dediqué a limpiar la cocina, la sala-comedor y el medio baño en el piso inferior. Después fui al segundo piso, el cual sabía yo estaba en mejor estado, había pasado la noche en esa casa no mucho tiempo antes, lo hacía de vez en cuando.

Había cinco puertas, la primera de la derecha era la habitación que tomé como mía, seguía el cuarto de invitados, al fondo del pasillo estaba el baño, y hacia el lado izquierdo, la segunda puerta correspondía a un pequeño estudio, y la primera a la recámara que perteneció a mi bisabuela, una puerta que no se había abierto desde el día del funeral.

Después de comer, decidí darme una ducha, habían pasado tantas cosas ese día, necesitaba un baño caliente para relajarme un poco. Después de eso me puse unos pantalones y playera cómodos, así como mis pantuflas favoritas; era bueno que hubiera dejado varios cambios de ropa en la casa, de otra forma hubiera tenido dificultades.

Acababa de salir del baño, con la toalla todavía envolviéndome el cabello, cuando me paré en seco, mis ojos clavados en la puerta de la recámara de mi bisabuela… la puerta abierta de la recámara de mi bisabuela.

De inmediato me apresuré a llegar ahí, y pude ver a aquel hombre de ojos oscuros, con unos viejos pantalones deportivos, sin camisa y descalzo, de pie frente al ropero de mi abuela, con las puertas abiertas de par en par.

—¿Qué haces aquí? —gruñí con molestia evidente en mi voz—. Te dije que podías usar la segunda habitación de la derecha, no esta. —Estaba sobreactuando, lo sabía y no lo podía evitar—. Esta era la habitación de mi bisabuela, nadie entra aquí desde que murió. Nadie. No está permitido.

—Discúlpame —dijo él volteando a verme—. No fue mi intención ofenderte. Es sólo que cuando pasé frente a esta habitación no pude evitar sentir la atracción, la fuerza… tan similar y a la vez tan diferente a la que sentí cuando te vi cerca de la laguna. Y ahora entiendo la razón.

Confundida, me acerqué a él, a mirar al interior del armario, buscando qué era aquello que parecía haberle ayudado a él a comprender algo que yo todavía no entendía.

Y entonces lo vi, el armario tenía una única repisa, sobre la cual había una colección de velas pequeñas y un incensario; en la parte inferior estaban dos cajones, abiertos, en los cuales se podían ver más velas nuevas y una variedad de inciensos, aceites y demás; en los laterales estaban unos aros que sostenían los restos de lo que alguna vez fueran ramos de alguna flor que yo vagamente recordaba haber visto antes; y en el fondo, grabado con dedicación, con detalles en lo que parecía ser oro y pequeñas gemas, el mismo símbolo que vi pintado en el escaparate de la tienda.

—¿Qué significa esto? —pregunté confundida.

—Significa que tu bisabuela era una *Macuilxóchitl* —respondió él.

—¿En serio? —inquirí yo, luego no pude evitar fruncir el ceño pensativa—. ¿Cómo es eso posible? Es decir, quién le dio ese título, no quiero subestimar a mi bisabuela, de ninguna manera, pero ¿en qué sobresalió ella para que le entregaran un símbolo que parece significar tanto entre tu gente?

—Es un poco más complicado que eso —me dijo él de pronto.

Y a mí me parecía que así ya estaba bastante complicado…

—Pero si lo que veo aquí es así… eso lo cambia todo —siguió diciendo—. Entonces eso significa que tú, tú tienes el derecho a todo esto también, lo llevas en la sangre.

—Ahora sí me perdí —admití—. ¿Qué es lo que se supone que llevo en la sangre? ¿Y qué tiene que ver que mi abuela sea una *Macuilxóchitl* con todo eso?

—Te dije que entre mi gente ese es un título que se le da a aquellos que sobresalen en algo, aquellos que enaltecen un área, como las artes, el intelecto, los deportes, y otros temas, y al mismo tiempo traen honor a todo nuestro pueblo —comenzó a explicarme—. Pero a la vez es más que eso. En nuestro caso, el de tu bisabuela y el mío, ese símbolo señala que somos parte de un grupo de élite.

—Cada vez entiendo menos —no pude evitar mascullar.

—Pese a que aprecio sinceramente toda la ayuda que me has brindado hoy, y la que nos ofreciste a todos cuando tomaste y guardaste el *Tlayolohtli*; yo aún estaba intentando por todos los medios involucrarte lo menos posible en mi misión. Ya te lo dije, es algo peligroso, más de lo que puedas imaginar. Pero esta mujer, tu bisabuela, era parte de ello, y el que te confiara el cuidado de sus propiedades, entre ellas su propio santuario, me dice a mí que quizás debas involucrarte. Al menos tienes el derecho a hacerlo.

—¿Quieres decir que porque mi bisabuela estaba envuelta en lo que sea que está sucediendo, yo tengo alguna clase de derecho por herencia a involucrarme también? —deduje yo—. Eso quisiste decir con que lo llevaba en la sangre.

—Así es —asintió él con solemnidad—. Sin embargo, no te voy a forzar a nada. No entiendo por qué si ella puso toda su confianza en ti, no sabes ya lo que está ocurriendo, solamente sé que tienes el derecho a saberlo; pero sólo si así lo quieres. Es tu decisión.

—Quiero hacerlo —declaré sin vacilar, incluso cuando todavía no tenía ni la más remota idea de en qué me estaba metiendo. No podía evitar sentir una fuerza que me empujaba a envolverme, a ser parte de eso; y el saber que mi bisabuela, una de las personas que más quise en mi vida, fue parte de ello, simplemente me impulsaba aún más a aceptar lo que fuera que viniera.

—Bien. —Él me tomó de las manos y me guio hasta la cama, a sentarnos—. Comenzaré por presentarme, algo que en realidad debí haber hecho desde que nos conocimos, pero entenderás que ni yo mismo estaba seguro de que fuera buena idea que supieras más de lo que ya sabías a esas alturas. Mi gente me conoce como Tlilmiztli; en tu lengua dirías: "puma negro", ese es el nombre que me fue dado cuando me convertí en un *Yaotecatl*, un guerrero honorable en mi pueblo. Ahora, sobre lo que sucede, tienes que entender que mucho de lo que te voy a decir va a sonar irreal, quizás incluso demasiado como para que realmente me creas, pero yo te juro por mi honor que todo es verdad.

Yo asentí, por algún motivo le creía, algo me hacía sentir que podía confiar en él. ¿O por qué otra razón iba a haberlo ayudado a esquivar a aquellos hombres? ¿Por qué lo hubiese traído a mi casa?

—Este lugar, este mundo que tú habitas, no es el único que existe —explicó él—. Existe otro, tan similar y a la vez tan diferente, un lugar al que yo llamo hogar. Es un mundo paralelo a este, una versión alternativa de este.

¿Mundos paralelos? Lo acepto, siempre he creído que cosas como fantasmas, ángeles, *aliens*, y todo eso existen; la existencia de otros mundos no me sonaba tan difícil.

—¿Una versión alternativa? —inquirí, eso sí me sonaba confuso, más no imposible.

—Mírame —dijo él de pronto—. ¿Qué piensas cuando me ves?

—Pienso en… —me tomó unos momentos encontrar una respuesta—. Pienso en las culturas prehispánicas: los mayas, los olmecas, los aztecas… todos ellos.

—¿Te has preguntado alguna vez cómo sería tu mundo si los conquistadores blancos no hubieran salido vencedores en su enfrentamiento con los nativos? —inquirió él.

Lo comprendí entonces. Era algo que jamás hubiera podido imaginar por mi cuenta, pero ahora que me lo planteaba sonaba no sólo posible, sino incluso lógico. Un mundo donde los españoles habían perdido la batalla contra los pueblos indígenas, donde estos jamás fueron colonizados, eso... eso cambiaba todo. Abría un abanico de posibilidades completamente nuevas, increíbles... y aterradoras.

—Así es el mundo del que yo vengo —siguió él cuando mi expresión le dijo que comprendí lo que explicó—. Después de que los conquistadores fueron expulsados de nuestras tierras, los líderes de los diversos pueblos se dieron cuenta que no sería la última vez que tendrían que defenderse de una invasión así, y que la mejor manera de hacer frente a una amenaza de esa magnitud sería estando unidos. Fue así que tuvo lugar la Unificación, todas las diversas culturas se unieron en una sola; y prosperamos hasta convertirnos en una nación poderosa, una nación reconocida por todos, incluyendo aquellos que alguna vez intentaran dominarnos.

Sonaba tan increíble, tan maravilloso, tan real. Casi podía verlo, debía ser algo en verdad hermoso.

Y entonces caí en la cuenta de algo.

—¿Y tú eres de este otro mundo? —inquirí.

—Sí —asintió él—. Y ahí es donde entra el verdadero significado que le hemos dado al símbolo de *Macuilxóchitl*; es un símbolo que portamos quienes hemos sido escogidos para actuar de intermediarios entre los dos mundos. Existen tres grupos: los *Tlitlanecuilli* o mensajeros, Acoatl era parte de ellos; los *Chimalli*, o escudos, son aquellos guerreros que fueron escogidos para ser la primera línea de defensa de nuestro mundo contra cualquier posible invasor venido de este, yo soy uno de ellos; por último, están los *Tlapiani*, ellos son personas de este mundo, tu mundo, a quienes les fue encomendada la tarea de guardar los secretos de nuestra existencia y el camino que lleva hasta nuestro mundo. Tu bisabuela era una de las *Tlapiani*, y en cierto sentido tú también lo eres ahora, por herencia y asignación; primero por la sangre que corre por tus venas, y segundo porque Acoatl te señaló como una cuando te entregó el *Tlayolohtli*.

—El *Tlayolohtli*, ¿es ese uno de los secretos de tu mundo?

—Uno de los más valiosos tesoros que poseemos —asintió él—. El "Corazón de la Tierra" es la llave que abre el paso de mi mundo al tuyo. Verás, este colgante, como el mío, y como el que Acoatl te entregó, sirve para más que sólo como adorno, nos permite un pasaje seguro de un mundo a otro; el detalle es que únicamente lo puede usar una persona a la vez. El *Tlayolohtli*, de ser utilizado correctamente, abriría completamente el paso de un mundo a otro, permitiendo que cualquiera pase.

—Eso sería increíble —declaré yo casi de inmediato.

—Y también muy peligroso —puntualizó él con absoluta seriedad—. Estamos hablando de un paso indiscriminado. Cualquiera podría pasar. Criminales de tu mundo podrían encontrar la manera de cruzar al mío, y viceversa. Mi gente no podría lidiar con algunas de las armas, trucos y conocimientos que poseen las personas de este mundo; y lo mismo aplica con mi pueblo en tu mundo.

—¿Entonces para qué permitir que exista un objeto así? —pregunté yo, honestamente confundida—. Si los riesgos son tales, y tu gente está consciente de ello, ¿por qué no eliminar el peligro antes de que surjan los problemas?

—Porque se esperaba que el día llegaría en que ese riesgo desaparecería —explicó él—. Para eso se creó el *Temalacatl*, el Círculo. Siete individuos de tu mundo, elegidos por los líderes del mío, para observar su entorno y a su gente. Tras un período de tiempo, ellos debían reunirse y determinar si tu mundo estaba listo para recibir al mío. Ese período se venció hace poco, un mensajero fue enviado para informarnos que una decisión había sido tomada, no se dieron detalles, aunque se dice que el voto fue negativo. Dos mensajeras más salieron, una debía regresar con el pergamino donde estaría explicado al detalle lo que fue discutido y las conclusiones a las que se llegó, mientras la otra reuniría las piezas del *Tlayolohtli*. Tras cerciorarse los líderes de mi pueblo que todo estaba en orden, el pergamino sería guardado en nuestros archivos y se decidiría qué hacer con el Corazón.

—Pero evidentemente los mensajeros no llegaron —deduje yo.

—Por eso me enviaron a mí —confirmó él—. Apenas crucé a tu mundo no tardé en rastrear a la primera de las mensajeras, muerta, cerca de un barranco. Le di sepultura como se merecía y continué mi búsqueda; visité las ciudades donde los guardianes del *Tlayolohtli* habitaban, no encontré a ninguno, pero el Heredero de uno de ellos me confirmó que Acoatl pasó por ahí para recoger su pieza del Corazón. Así que empecé a rastrearla a ella, y llegué hasta aquí. Cuando me di cuenta que las huellas terminaban en la laguna, y que se mezclaban con la esencia de la muerte temí lo peor... hasta que te vi.

—Entonces Acoatl está... ¿muerta? —Me sentí mal tan sólo por preguntarlo, pero no lo pude evitar, no podía sacarme de la cabeza la imagen de ella saltando del puente, hacia la laguna llena de cocodrilos.

—Acoatl ha vuelto a las salas de nuestros ancestros, a convivir con nuestros hermanos guerreros, eso debe ser suficiente para mí y para ti.

No entendí del todo lo que decía, pero preferí no insistir.

—Los *Mictlantecuhtli* son la personificación de todo lo malo que pueda existir, entre tu gente o la mía; la codicia, la envidia, el odio inmoderado, son auténticos criminales; aquel riesgo que tú ya reconociste. —continuó él—. Es mi deber recolectar el pergamino y el

*Tlayolohtli* antes que ellos y devolverlos a donde pertenecen.

—A tu mundo —deduje yo.

—Exacto, y lo recomendable sería que lo hiciera cuanto antes, si no queremos que más guerreros sean enviados.

—Eso podría generar problemas. No es por ofender, pero resultas bastante llamativo, la gente aquí podría pensar desde que eres raro, alguien que le gusta llamar la atención, hasta confundirte con alguna clase de psicópata; y en verdad no creo que sea parte del plan llamar la atención, especialmente si la votación del Círculo se inclinó a favor de mantener oculta la existencia de ti y tu gente, al menos por ahora.

—Así es, esa es una de las razones por las que sólo me enviaron a mí. Pero a menos que de resultados pronto, temo que los jefes de mi pueblo tomen acciones en un intento de garantizar su seguridad y la del resto de mi gente.

—No podemos permitir eso, debemos hacer algo —dije yo sin pensarlo.

—Aún debo recolectar el pergamino, después deberás entregarme el paquete que te dio Acoatl, y así podré regresar a mi mundo —declaró él.

—Bien —sonaba bastante sencillo—. ¿A dónde hay que ir primero?

—El *Tlapiani* del pergamino debe vivir cerca de la ciudad El Tajín.

—¿El Tajín? Sí, sé dónde queda, excepto que no es una ciudad, sino ruinas de lo que alguna vez fue una ciudad, de una de esas culturas antiguas. Está varias horas al sur de aquí, en Veracruz.

—Pues allá es donde debo ir —apenas terminó de decir eso salió de la recámara y hacia la planta baja de la casa.

—Espera, espera. —Lo sujeté del brazo antes de que pudiera salir por la puerta de la cochera—. Se supone que me vas a dejar ayudarte, ¿no?

Él asintió.

—Entonces dame la oportunidad de hacer algo por ti —le dije.

—¿Cuál es tu plan?

—Iré a mi casa mañana temprano, con cuidado de que no me encuentren esos hombres de las camionetas negras. Me aseguraré que el paquete siga exactamente donde lo dejé, luego traeré algunas cosas que podamos necesitar: ropa, dinero, mi *laptop*. Ahí podré buscar cuáles son las ciudades más cercanas a El Tajín, e incluso cuál es la mejor manera de llegar; planearemos más una vez que tengamos eso. ¿Estás de acuerdo?

—Deberás tener mucho cuidado —dijo él con gran seriedad—. Si los *Mictlantecuhtli* te encuentran estarás en graves problemas.

—Seré muy cuidadosa, lo prometo.

Con eso pensé que podría ir a la cocina, buscar algo para cenar, algo ligero ya que habíamos comido algo tarde; pero entonces me di cuenta que él no me había soltado aún.

—¿Qué ocurre? —le pregunté, confundida.

—Tus ojos son azules —puntualizó él.

—Azul-grisáceos, de hecho. —No entendía a dónde iba todo el asunto, qué tenía que ver el color de mis ojos con nada—. ¿Qué con eso?

—¿Tus ancestros son extranjeros? —preguntó él.

—Mi padre, bueno, más bien los padres de mi padre —repliqué—. Son europeos, españoles o portugueses; no estoy del todo segura, la verdad. Llegaron de inmigrantes aquí a México hace muchos años, cuando eran recién casados. Aquí tuvieron a sus hijos, uno de ellos es mi padre. ¿Qué tiene que ver esto con nada?

—Que ya sé por qué no fuiste elegida —declaró.

Yo seguía sin comprender.

—Ya sé por qué tu bisabuela no te eligió como su Heredera —insistió él.

—¿No me dijiste tú que yo tenía derecho a estar involucrada? —pregunté. ¿Acaso ahora quería sacarme del asunto?—. Dijiste que por sangre y asignación estaba en mi derecho…

—Lo sé, no retiro lo que dije —replicó él—. Es sólo que ahora entiendo por qué no fuiste elegida desde un principio para ser una de las Herederas. Tu bisabuela se arriesgó bastante, a decir verdad, al dejarte todas estas señales; si aquel a quien ella haya elegido como su

Heredero lo quisiera, podría deshonrar su memoria señalando que ella rompió las tradiciones al negarle su santuario, y más aún al dejárselo a alguien más.

—No estoy entendiendo.

—El santuario, lo que viste en ese armario, es algo que todos los *Tlapiani* tienen; algo que, cuando llega el momento, deben heredar; es la parte material de su puesto, así como su título, lo que les hace formar parte del *Temalacatl*.

—Entonces estás diciendo que mi bisabuela me dejó su santuario en esta casa, la cual me heredó a mí; pero en realidad ella debía haberle dejado esas cosas a quien quiera que haya elegido para ser su Heredero.

—Exacto.

—Pero aún no me dices por qué piensas tú que no me nombró su Heredera, siendo que me dejó las cosas.

—Porque no podía hacerlo. —Pareció concentrarse mucho, como si no supiera cómo explicarse, pero finalmente lo hizo—. Cuando el Círculo fue creado, los líderes de mi pueblo impusieron una sola regla: los miembros debían ser hijos de esta tierra, de nuestra tierra. Eso significa…

—Que no aceptarían extranjeros —comprendí entonces—. Y como mi padre es extranjero, yo no soy una candidata aceptable para ser parte de su grupo. —Estaba empezando a enojarme, y mucho—. Me molesta tanto la gente que discrimina las cosas, en arte, historia, y demás, que recibimos de las culturas prehispánicas; y ahora me encuentro con que soy víctima de la misma situación, pero a la inversa —suspiré—. No digo que no lo entienda. Amo a mi padre, pero él mismo ha caído víctima de esa actitud más de una vez, ese… malinchismo. Aún así jamás creí que pasaría por algo así. —De pronto se me ocurrió algo—. Pero, ¿eso no interfiere con que yo sea aceptada en esto? Digo, si hay una razón por la que no fui considerada como candidata a Heredera en primer lugar…

—No realmente —me informó él—. Porque, aunque tu bisabuela no te hubiera dejado su santuario y todo lo demás con la clara intención de que te vieras envuelta en esta situación tarde o temprano, Acoatl te señaló, ella te entregó el *Tlayolohtli* y te nombró una *Tlapiani*. No hay persona alguna, en mi mundo o el tuyo, que pueda cambiar eso.

Yo asentí, era un alivio que no iba en algún momento a aparecer alguien y decirme que no tenía nada que estar haciendo en esto.

—Nadie te quita tu derecho a involucrarte —siguió diciendo él—. Lo que quiero yo saber es si aún deseas hacerlo.

—Es lo correcto —contesté con un suspiro—. Por la memoria de mi bisabuela, de Acoatl, y de todos los demás involucrados. Te ayudaré todo lo que pueda.

—*Xochiyao…* —lo escuché murmurar.

—¿Perdón? —inquirí confundida—. ¿Qué fue lo que dijiste?

Sus ojos se posaron en mí por unos segundos que parecieron eternos; para después girarse y volver a la planta superior, sin haber respondido mi pregunta.

Suspiré, entre desconcertada y contrariada; y pensar que apenas comenzaba todo...

# Capítulo 3

# Tesoros

A la mañana siguiente esperé apenas suficiente tiempo para estar segura que todos en la casa de mis padres se habrían marchado ya; y tras pedirle a Tlil-miztli que se escondiera dentro de mi casa hasta que yo volviera, salí. Puse mucha atención a mi alrededor, confirmando que no hubiera nadie sospechoso cerca, ni tampoco alguna de esas camionetas negras. Cuando estuve bien segura, tomé un autobús. Pude haber llegado caminando, aunque me hubiese tomado un poco más de tiempo; pero preferí el transporte público porque asumí que sería menos probable que fuera detectada por alguien peligroso de esa manera.

Una vez que llegué a casa de mis padres, me aseguré discretamente que nadie me viera y entré al jardín de una vecina. Su casa estaba junto a la de mis padres y una barda de aproximadamente metro y medio separaba los terrenos. Parece alto, pero recordé que de chica era amiga del vecinito; su nombre era Dan y jugábamos bastante en su jardín; sobre todo, cerca del límite trasero de la barda, donde ésta se había roto bastante, llegando a medir poco más de medio metro. Dan y yo solíamos divertirnos mucho saltando la barda por ese punto cuando éramos niños; y en ese momento era justo lo que yo necesitaba.

Avanzando por la parte trasera rodeé la casa, que yo sabía estaba tan vacía como la mía, después brinqué la barda y me dirigí a la parte trasera de mi propia casa. Tenía conmigo llaves de ambas puertas por lo que no fue difícil entrar por ahí, directo a la cocina.

De inmediato me dirigí al segundo piso, a mi recámara, donde empecé a sacar de mi clóset algo de ropa; estuve a punto de tomar una maleta, hasta que caí en la cuenta de que sería menos llamativo si usaba otro tipo de bolsa. Finalmente opté por mi mochila. Guardé los varios cambios de ropa; luego se me ocurrió algo e hice una rápida visita a la habitación que hacía las veces de bodega. Mi madre recientemente había hecho limpieza de sus armarios y colocado en bolsas la ropa que tanto ella como mi papá ya no usaban. Calculé que mi nuevo amigo tenía más o menos las mismas tallas que mi padre, asi que tomé un par de cambios de esa ropa y los agregué a mi mochila.

Para terminar, tomé el maletín con mi *laptop*, un regalo de mis padres hacía un par de años, así como mi celular, que había olvidado la mañana previa al salir a caminar.

La mañana previa… de pronto no lo pude creer, tantas cosas habían cambiado en tan poco tiempo, casi esperaba que hubieran pasado semanas, o días al menos; pero no, ni siquiera veinticuatro horas habían transcurrido y yo sentía que mi vida se había transformado absolutamente. Y apenas era el inicio…

Al volver a la cocina en el primer piso me percaté de una nota que mi madre dejó pegada al refrigerador. Incluía quejas por no haberme llevado mi celular a-donde-quiera-que-hubiese-ido, así como por no haber llamado a un amigo suyo que se había ofrecido a darme trabajo en su *buffet* de abogados. Trabajo como secretaria no era lo mío. Pero si le trataba de decir eso a mi madre ella me preguntaría de nuevo que entonces qué era lo mío, y siendo que aún no tenía una respuesta concisa a eso, aquello rápidamente se convertiría en una discusión más sin conclusión, y sin razón. Me lo podía imaginar, me daban escalofríos sólo de pensarlo.

Me concentré por un momento, imaginándome así, vestida con un traje sastre, pegado al cuerpo, incómoda, sentada en una silla demasiado derecha, frente a un escritorio de madera artificial, tipeando monótonamente en un teclado de computadora y contestando llamadas de docenas de personas que pensaban que eran lo más importante, por encima de los demás, por encima de mí. No, eso definitivamente no era algo en lo que me gustaba pensar. Me molestaban tanto las hipocresías y los

alardes de importancia y grandeza de ese tipo de personas. Mis padres, y la mayoría de la gente que conocía
dirían que así era la vida, pero no era la clase de vida
que a mí me gustaba, y no me parecía conformarme con
eso cuando yo sabía que podía conseguir más... aunque
aún no supiera exactamente cómo o ni siquiera qué.

La nota de mi madre terminaba, como era usual,
con su clásico: *"Haz algo por la humanidad..."*. Si ella
tan solo supiera...

No pude evitar suspirar, negar con la cabeza, intentando imaginarme lo que mi madre diría si ella tuviera tan sólo la más vaga idea de en lo que me estaba
metiendo yo en ese momento; dudo que lo pudiese
comprender, especialmente cuando yo misma aún no lo
entendía del todo. Veía lo que debía hacer ahora, ayudar a Tlilmiztli a encontrar los tesoros de su mundo que
se hallaban perdidos en alguna parte del mío; pero en
realidad había más de por medio que unos cuantos objetos, mucho más que aún no me había detenido a contemplar, y ni yo misma sabía si no lo hacía por falta de
tiempo o por miedo a flaquear en mi decisión.

Saliendo de mis cavilaciones, di la vuelta a la hoja
que mi madre usó para escribirle un nuevo mensaje en
respuesta. Le hice saber que me estaría quedando en la
otra casa por un tiempo, ni yo sabía exactamente
cuánto, que había recogido algunas cosas como mi *laptop*, mi celular, entre otras, de mi cuarto; y que si me
necesitaba, ella sabía cómo contactarme.

Por un momento me pregunté si debía tomar el paquete que me entregó Acoatl y llevármelo de una vez

conmigo, pero la idea de que aquellos hombres me encontraran teniéndolo en mi posesión me hizo desistir. Estaba a salvo donde estaba ya que nadie, excepto Tlilmiztli, sabía dónde se encontraba; y aún así, él no sabía dónde estaba mi casa, por lo que era inútil preocuparme. Lo dejaría ahí por el momento, y volvería por él a su tiempo.

Habiendo decidido eso, pegué la nota al refrigerador con ayuda de un par de imanes; y llaves en mano, salí de mi casa por la misma puerta que usé para entrar.

Al salir, me dirigí de inmediato hasta la barda; pero antes de cruzar me detuve por unos momentos, no podía evitar los recuerdos. Mi infancia, la manera en que solía jugar en ese lugar con mi vecino, mi mejor amigo: Dan. Tantas tardes que pasamos jugando a las escondidas, al congelado, o simplemente corriendo de un lado a otro sin propósito real; y más adelante, conforme crecíamos, cuando nos sentábamos sobre la barda, cada uno en dirección a su propia casa, y platicábamos sobre nuestros sueños, sobre el futuro que deseábamos. Recordaba que yo solía repetir cuánto deseaba poder vivir una aventura, como la de aquellos libros que disfrutaba tanto. Dan siempre me contestó que eso era imposible, que aventuras así sólo existían en los cuentos de hadas. Ahora no podía evitar preguntarme qué diría si me viera en ese instante.

—... —Me pareció escuchar a alguien llamándome—. ¿Te encuentras bien?

Alcé mi vista en ese momento, y entonces advertí que mis ojos estuvieron todo ese tiempo fijos en una parte sin importancia del suelo de tierra y mis pensamientos sumidos en otra parte, en otro tiempo; tan distraída estuve que no me di cuenta cuando alguien más se acercó lo suficiente como para estar directamente frente a mí, del otro lado de la barda...

—¿Dan? —Fue tal el *shock* que casi dejé caer el maletín con la *laptop* que aún sostenía en mis manos.

—Estabas tan concentrada en algo... —dijo él acercándose—. ¿Está todo bien?

—Sí, de maravilla, todo está perfecto. —Ni yo me creí esa.

—De acuerdo... —Y por su tono de voz él tampoco lo creyó, pero lo dejó pasar—. No esperaba verte por aquí hoy. Tu madre le comentó a la mía que en estos días tenías una entrevista de trabajo.

—Eso quería ella. —No pude evitar estremecerme tan sólo de volver a pensar en ello—. Para ser secretaria en un despacho de abogados.

—Secretaria —repitió él, pensativo—. No te ofendas, pero no te imagino sentada en una silla, frente a un escritorio, esperando órdenes, ocho horas al día.

—No me ofendo —le aseguré—. Lo cierto es que yo tampoco me puedo ver así. Es por eso que no fui a la entrevista.

—Mmm... no sé por qué sospecho que a tus padres no les gustó eso...

—Será porque los conoces bien. Mi madre está molesta de que haya dejado ir "una oportunidad única", mientras que mi padre está convencido que esta es la consecuencia por haber estudiado una carrera que él no aprobaba.

—No fuiste la única.

—Pero al menos tus padres terminaron por aceptar tu decisión; si bien no entienden del todo por qué quisiste estudiar esa carrera, lo aceptan, tratan de ayudarte en lo que pueden.

—Ciertamente me pagaron la universidad, lo que mi beca no cubría, y mi padre me ayudó con el enganche para mi nuevo departamento.

—¿Ves a lo que me refiero? Mi madre no se opuso a mi carrera, pero jamás la aceptó tampoco, no realmente. Y mi padre... a veces siento que aprovecha cada oportunidad que tiene para recordarme la mala decisión que hice. —Era extraordinariamente frustrante—. Estoy convencida de que él sería más feliz si hubiera hecho lo que mi hermana y seguido sus pasos, estudiando Comercio igual que él.

—Pues a tu hermana le gusta, ¿no?

—Sí, y eso es bueno. Pero a mí no me gusta, y no me agrada el hecho de que quieran para mí algo que detesto.

—¿Y qué es lo que quieres?

Suspiré, sí, esa era la pregunta clave, una para la que seguía sin encontrar una respuesta concreta. De nada servía saber qué era lo que no quería, si no sabía qué era lo que sí quería. Una ironía, en verdad.

—Cuando lo sepa te lo haré saber, ¿de acuerdo? —le dije finalmente.

Él sólo me sonrió. Su sonrisa se congeló apenas un segundo después, y pude notar que sus ojos se habían posado finalmente en la mochila que sostenía sobre mi hombro.

—¿Vas a alguna parte? —me preguntó interesado.

—Me pienso quedar unos días en casa de mi bisabuela. La casa que me dejó, quiero decir —le respondí. El fallecimiento de aquella mujer a quien le tuve tanto cariño era tan reciente que a veces olvidaba que aquella casa ya no era suya, sino mía—. Quizás el cambio de ambiente me ayude a decidir finalmente qué voy a hacer de mi vida.

Y es que no le iba a decir que me marchaba a la otra casa para evitar que un grupo de criminales en camionetas negras que podían en cualquier momento irse tras de mí encontraran a mi familia. En primer lugar, lo más probable era que no me creyera; y en segundo, si no quería arriesgar a mi familia, ¿por qué iba a querer arriesgarlo a él, mi mejor amigo de toda la vida?

—¿Y cuánto tiempo piensas quedarte por allá? —me preguntó Dan.

—No estoy segura —admití—. Unas cuantas semanas, cuando menos, podría ser más.

—Bien —asintió él—. Espero que encuentres las respuestas que buscas. Si en cualquier momento necesitas mi ayuda, házmelo saber.

Yo asentí, aunque lo cierto es que jamás planeé buscarlo. No es que muchas cosas salieran a mi manera…

—Debo irme —le dije yo a modo de despedida.

—Claro, nos vemos luego —dijo él con una sonrisa.

Tenía el presentimiento que Dan ya se las olía que algo estaba sucediendo, algo que yo me estaba negando a decirle; agradecí que no me interrogara al respecto, mientras menos supiera él de lo que ocurría, mejor para él.

—Sí, nos vemos —asentí casi distraída.

Caminé por ese pequeño pasillo hacia el frente de la casa, sabiendo que con Dan ahí no podía intentar salir de la misma forma en que entré. Y mientras caminaba, y lo veía a él inmóvil, de pie, de su lado de la barda, docenas de recuerdos desfilaron por mi mente en un instante, de juegos y pláticas, memorias de toda una vida. No pude evitar notar una cosa en ese momento: en todos esos recuerdos, siempre estuvimos juntos, siempre del mismo lado de la barda; ahora estábamos separados, cada uno de nuestro lado. Nuestras vidas se habían separado tanto…

Pero no tenía tiempo para contemplar mi pasado, o el distanciamiento entre mi mejor amigo y yo; le prometí ayuda a Tlilmiztli, y no tenía tiempo para perderme en cavilaciones.

Llegué de nuevo a mi casa después de pasar al mercado a comprar algo para almorzar. Opté por algo sencillo, enchiladas, considerando la posibilidad de que mi invitado conociera ese tipo de comida, la típica mexicana, en lugar de otros platillos más bien extranjeros. Esa era mi manera de intentar hacerlo sentir más a gusto por el tiempo que tuviera que permanecer en este mundo.

Apenas abrí la puerta de mi casa me encontré con Tlilmiztli, quien parecía que hubiese estado montando guardia.

—¿Todo en orden? —me preguntó él.

—Perfectamente —le aseguré—. No vi ninguna camioneta negra, y no fue por falta de buscarlas, créeme. Estamos seguros aquí.

—Por ahora —puntualizó él.

—Por ahora —repetí yo.

Tal y como esperaba, él estaba familiarizado con el platillo y pareció agradarle bastante. Fue un buen momento para distraernos con plática sencilla antes de tener que dedicarnos por completo a la misión que nos aguardaba.

—Te tardaste —dijo él en un determinado momento—. Comenzaba a preocuparme.

—Lo siento —me disculpé apenada; en ningún momento se me ocurrió que él se podría sentir intranquilo si yo me demoraba en regresar—. Intenté darme prisa, pero cuando salí de mi casa vi a Dan, y no pude evitar ponerme a platicar unos minutos con él. Y después se me ocurrió ir a comprar algo de almorzar. Siento haberte inquietado.

—Al menos estás bien —declaró él satisfecho—. ¿Dices que viste a un amigo tuyo?

—Sí, se llama Dan —respondí algo más animada, pensar en Dan solía ponerme así—. Mi mejor amigo de toda la vida, su familia vive en la casa junto a donde yo vivo; aunque él se mudó a su propio departamento hace poco. He de admitir que me sorprendió mucho verlo hoy; la última vez que nos vimos fue en la última reunión del grupo de teatro de la universidad, hace ya varios meses.

—Si es tu mejor amigo, ¿cómo puedes haberlo dejado de ver en tanto tiempo?

—Nos distanciamos en los últimos años, desde que entramos a la universidad. Yo decidí estudiar Sociología, mientras que él eligió Comunicación, le gusta el cine. Al principio coincidíamos en algunas clases, e incluso nos unimos al grupo de teatro. Pero poco a poco nos fuimos distanciando, cada uno en sus asuntos. Supongo que es lo natural, parte de la vida.

—Si es así, es algo lamentable. En mi mundo una amistad es un tesoro tan valioso que lo cuidamos incluso con mayor fiereza que a cualquier tesoro material. Nada vale tanto para nosotros como un buen amigo.

—Entiendo a lo que te refieres, y creo que tienes toda la razón. Pero no es tan fácil.

—¿Por qué? ¿Qué es lo que lo hace tan difícil?

¿Qué era lo que lo hacía tan difícil? Si mi madre podía mantenerse en contacto con conocidas que no había visto en años, ¿por qué no podía yo hacer lo mismo? Quizás debería esforzarme más, la amistad de Dan era realmente importante para mí. Sí, ya vería qué hacer, pero primero debía encargarme de la misión que me había autoasignado.

—¿Le mencionaste algo de este asunto…?

—¡Claro que no! —Me ofendió que siquiera se le ocurriera la idea—. Sé lo importante que es la discreción en el tema que estamos manejando. Debería ser obvio que no lo voy a andar mencionando a otros, sin importar cuan buenos amigos los considere.

—Lo siento si mi comentario te ofendió. Has de entender que no estoy acostumbrado a esta situación.

—¿Esta situación?

—Confiar tanto en alguien a quien apenas conozco. Si bien eres una *Tlapiani*, tú misma no sabías nada de esto hasta ayer, yo no te conocía antes de ayer. Normalmente en mi mundo, aquellos a los que se les asigna misiones en equipo, esto no ocurre hasta después de que han entrenado juntos por años, suficiente para conocerse unos a otros a la perfección, suficiente para saber que podemos confiarle no sólo la vida propia, sino el cumplimiento de la misión a un compañero si se presenta la necesidad.

—¿Y tú no confías en mí lo suficiente? —Antes que pudiera decir algo continué—: Eso no me ofende, en serio, lo entiendo. Muchas cosas están sucediendo muy rápido. Pero, aunque nos estamos viendo obligados a trabajar juntos para lograr algo, lo cierto es que en mejores circunstancias esto nunca hubiera ocurrido. Si no fuera por la intervención de los *Mictlantecuhtli*, Acoatl hubiera podido completar su misión sin problema, tú hubieras hecho lo mismo y yo nunca los hubiera conocido. Quizás jamás hubiera sabido de la existencia de todo esto. No lo sé, nunca lo sabremos. No es importante. Lo que sí es importante es que estamos en esta situación, y la mejor manera de salir adelante es confiando el uno en el otro. ¿Crees que puedas al menos intentarlo?

—Supongo que podemos intentarlo. —Él me sonrió, y fue la segunda vez que lo escuché decir aquella palabra misteriosa—: *Xochiyao*...


Tras el almuerzo encendí mi *laptop*, me conecté al Internet, y comencé a trabajar esparciendo todas mis cosas sobre la mesa del comedor. De inmediato busqué toda la información posible sobre El Tajín, y las poblaciones más cercanas.

—¿Qué estás haciendo? —me preguntó Tlilmiztli interesado.

—Buscando en el Internet información sobre El Tajín, y sus alrededores —le respondí—. Entre más logre reducir el número de lugares donde puede estar ese hombre y el pergamino que tiene, más rápido podremos encontrarlo.

—¿Y cómo es que estás haciendo eso? —inquirió él.

—Ah, las maravillas del Internet —dije con un dejo de sarcasmo—. Con esto puedo encontrar todo lo que se sepa de casi cualquier tema. Y cuando establezca a dónde tenemos que ir, podré encontrar también cómo llegar.

Su expresión de confusión fue tan evidente que no pude evitar detenerme en seco.

—¿No sabes de lo que hablo? —inquirí yo—. ¿En tu mundo no saben usar estas cosas? ¿Google? ¿Internet? ¿Computadoras?

—Sí, conozco lo que son las computadoras —asintió él finalmente—. Ninguna persona en mi país las usa.

—¿Por qué no? —no me esperaba eso.

—Porque no fueron creadas por nosotros —dijo él como si fuera obvio.

—¿Y eso es malo por…? —Realmente no me esperaba esa respuesta.

—El orgullo de mi pueblo nos impide usar aquello que no ha sido creado por nuestros propios medios —explicó él al notar mi confusión.

—Eso es estúpido. —No pude evitar mi brusca respuesta—. ¿Me estás diciendo que si alguien de tu pueblo contrajera una enfermedad desconocida para los tuyos, donde un extranjero tiene en su poder la cura, no intentarían conseguirla porque no fue creada por ustedes? ¿Permitirían que una persona inocente muriera para salvaguardar su orgullo?

No me respondió, pero me resultó evidente que si lo hubiera hecho la respuesta hubiera sido afirmativa.

—No conozco a tu gente, no conozco su historia, sus tradiciones, ni qué fue lo que los llevó a ser como son —le dije, intentando no ofenderlo más—. Lo que yo digo es únicamente mi opinión. Te respeto, y respetaré a tu gente, lo cual no quiere decir que lo acepte. Simplemente me limitaré a aceptar que somos diferentes.

Sin más, volví a mi investigación.

Transcurrieron varias horas antes de que tuviera todo listo. No era que me hubiera tardado en encontrar la información en sí, sino más bien los medios que nos llevarían hasta el lugar requerido.

—Listo —anuncié con satisfacción—. El asentamiento más cercano a El Tajín es el municipio de Papantla, su población y extensión es considerablemente reducida, al menos comparada con esta ciudad y otras donde he estado; si ese lugar nos falla, existen pequeños pueblos en los alrededores a donde podemos ir sin problema.

—¿Y si eso falla? —inquirió él.

—Qué negativo… —no pude evitar musitar—. En ese caso pensaremos en algo más. No te preocupes por algo que aún no sucede, ¿de acuerdo?

Él asintió.

—Bien —continué yo—. Me tomé la libertad de apartar unos pasajes para un autobús, sale mañana por la noche.

—¿Por qué hasta mañana? —inquirió él.

—Porque fue el mejor que pude conseguir. Papantla no es un lugar al que mucha gente vaya, como se debe esperar por su tamaño. La gente que va lo hace precisamente para ver El Tajín y otros atractivos de los alrededores, por ello los autobuses salen el fin de semana. Llegaremos el sábado temprano por la mañana, el regreso sería ese mismo día por la noche, o podemos extenderlo hasta el día siguiente. No aparté pasaje para el regreso, me pareció más conveniente esperar a ver cuánto tiempo nos toma encontrar el pergamino y a su guardián.

Tlilmiztli asintió, no parecía estar completamente de acuerdo con mi plan de acción, pero comprendía que había hecho lo mejor posible.

Esa noche soñé de nuevo algo extraño, eso era algo común en realidad, pero pocas veces me despertaba recordando tan claramente mis sueños. Por eso intenté concentrarme por unos minutos para razonar lo que acababa de soñar: un amplio valle, adornado por docenas de imponentes pirámides, árboles y montañas a la distancia, y el sonido de un riachuelo en la cercanía. En una dirección podía ver lo que parecía la entrada a una ciudad pequeña, pero en vez de ir en esa dirección mis pies empezaron a guiarme hacia otro lugar. No supe exactamente cuánto tiempo caminé, pero de pronto me encontré en una ciudad que me pareció muy familiar. Las extensas calles de cemento, pequeños terrenos en ciertos puntos con grandes máquinas negras, y a la distancia un cerro, cubriéndome del sol con su sombra.

—Sé que conozco ese lugar… —no pude evitar murmurar para mí—. Pero no logro recordar qué lugar es precisamente.

—¿De qué lugar hablas? —Casi brinco de la impresión al ver a Tlilmiztli frente a mí.

Tan distraída había estado recordando los detalles de mi sueño que no me di cuenta que me quedé parada al pie de las escaleras. Tlilmiztli estaba frente a mí, taza de cocoa caliente en mano.

—Estaba recordando un sueño —respondí finalmente.

—¿Un sueño? —inquirió él, y me pareció ver un brillo extraño en sus ojos, como si se le acabara de ocurrir algo—. ¿Tienes sueños premonitorios o algo parecido?

—No sé si premonitorios sea la manera indicada de describirlos —dije insegura—. Mis sueños suelen ser muy extraños, aunque casi siempre los relaciono con algún libro que leí, o alguna película que vi recientemente. A veces, sin embargo, veo lugares, personas, o cosas que no he visto en mucho tiempo, o quizás jamás.

—¿Te ocurre seguido? —me preguntó. Parecía muy interesado.

—De vez en cuando —admití—. ¿Por qué? ¿Crees que tiene algo que ver con... pues con todo esto?

—No lo sé —respondió él—. Entre mi gente ha habido quienes poseen una variedad de dones; ver el pasado, el presente o el futuro es quizás el más común, y se presenta en una variedad de formas: sueños, visiones, el uso de herramientas.

—¿Hablas del don de la clarividencia?

—Ese es tan sólo uno de muchos. Existen otros dones, como la empatía, la telepatía, incluso la sanación...

En el momento en que dijo eso fue como si un recuerdo me hubiera golpeado. Más de una década atrás, cuando yo era aún una niña, mi bisabuela solía cocinar unas galletas que me encantaban, y siempre las ponía en un recipiente en la parte más alta de la alacena para asegurarse que nosotros los niños no nos las acabáramos antes de la hora de la comida. Sin embargo, siempre lo intentábamos. Ese día me tocó a mí intentar alcanzar las galletas, me paré en una silla y, apoyada en otros estantes, estiré mi brazo lo más posible para alcanzar el recipiente. Pero algo inesperado sucedió entonces, el estante sobre el que estaba apoyando mi otro brazo se venció, mi ya de por si precario equilibrio sobre la silla se perdió por completo y me precipité al suelo, golpeándome la cabeza. Por un instante un dolor punzante cruzó mi cabeza, cuello y hombro, después perdí la conciencia del todo.

No estaba segura cuánto tiempo pasé inconsciente, sólo sabía que cuando desperté me encontré recostada en la cama de mi bisabuela, usando su regazo como almohada; ella tenía sus manos en mis sienes, y parecía estarlas masajeando suavemente al tiempo que la escuchaba murmurar palabras en algún lenguaje desconocido para mí.

—Mi bisabuela… —no pude evitar murmurar con asombro.

—¿Qué? —Era obvio que Tlilmiztli no tenía ni idea de lo que hablaba.

—Mi bisabuela tenía el don de la curación —expliqué, maravillada con el descubrimiento que acababa de hacer—. Recuerdo algo que sucedió cuando tenía como nueve o diez años. Me caí de una silla por intentar alcanzar el estante más alto de la alacena. Me golpeé tan fuerte la cabeza y el hombro que quedé inconsciente, y cuando desperté ella tenía sus manos en mis sienes y murmuraba cosas que yo no entendía. En el mismo lenguaje que Acoatl habló el día que la vi. Tu lenguaje.

—Increíble —él parecía estar bastante admirado también—. Nosotros nunca nos detuvimos a considerar esa posibilidad, que los miembros del *Temalacatl* también pudieran poseer dones tan poderosos. Es decir, sabemos que muchos pueden "sentir" las cosas, pero el que tu bisabuela pudiera curar… Y la posibilidad de que tú también poseas alguno de estos dones, en igual o menor medida… a cada momento comprendo más por qué Acoatl te nombró *Tlapiani*, y a su vez me sorprende que algo así le suceda a alguien que, bajo nuestras mismas leyes, no era elegible para ser uno de los Herederos, para formar parte del Círculo y todo este asunto.

—Eso te prueba que el hombre, sea de tu mundo o el mío, puede poner todas las reglas que quiera, pero al final las únicas reglas que realmente cuentan son las que pone Dios —dije yo con humildad.

—Los dioses no siguen más voluntad que la suya propia.

No estaba segura si eso significaba que estaba de acuerdo conmigo (y sólo en desacuerdo con el número de dioses) o si se me estaba pasando algo. No parecía tan importante, así que dejé de enfocarme en ello.

Todo el día seguí sintiéndome igual de maravillada, el descubrir que había una razón más que parecía indicar que realmente me incumbía estar ahí, debía ser parte de todo eso; que mi presencia no era un accidente o una coincidencia, me daba más confianza a seguir adelante, a no rendirme sin importar las dificultades.

Esa noche, apenas había terminado de lavar los trastes de la cena y pretendía entretenerme con mi computadora hasta que tuviéramos que partir para la estación de autobuses, cuando el timbre de mi celular interrumpió mis planes.

—¿Bueno? —contesté yo—. ¿Mamá...? Sí, todavía sigo en la otra casa... No, no voy a volver aún...

porque no estoy lista… Necesito tiempo mamá… ¿Para qué? Para encontrarme a mí misma, para descubrir qué es lo que quiero hacer de mi vida. No voy a lograr eso si lo único que escucho todas las noches es a papá diciéndome, de nuevo, lo decepcionado que está de mí por lo que decidí estudiar, porque no seguí sus pasos de la manera en que su "hija favorita" lo hizo… Pues no dirá que es su favorita, pero no hace falta que lo diga… Él nunca aprobó la carrera que yo escogí, piensa que debí escoger algo con lo que pudiera ganar más dinero, con lo que pudiera seguirlo a él… No, claro que no se negó a pagarme la carrera, él jamás haría eso. Pero su desaprobación, cuando ya todo está hecho, duele igual… Claro que no le voy a decir eso, ¿qué sentido tendría? Él siempre va a seguir con la misma idea, nada de lo que yo diga lo hará cambiar de opinión… Lo hecho, hecho está, soy Socióloga, que es lo que yo quería, sobre qué haré ahora —suspiré—, es lo que intento averiguar. A decir verdad, saldré de viaje… en unas horas… se me olvidó decirte… voy a Veracruz… Pues estoy considerando la posibilidad de hacer una maestría relacionada con las culturas prehispánicas… mi interés es bastante nuevo en el tema, lo admito, pero le he agarrado el gusto recientemente… ya tengo el boleto comprado… regreso a más tardar el domingo… no, no volveré a la casa aún… Ya me traje ropa y otras cosas para acá la última vez que vine… Pues creo que me quedaré hasta que pueda tomar una decisión seria respecto a lo que haré ahora… Claro, tú serás la primera en saber cuando realmente me decida… No te preocupes mamá, me cuidaré, cuídense ustedes también… Hasta pronto.

—¿Tu madre? —me preguntó Tlilmiztli apenas guardé el celular.

—Sí —asentí—. Se preocupa por mí. Supongo que es normal.

—En mi pueblo, a los que fuimos escogidos para ser *Yaotecatl* se nos separa de nuestras familias para ser entrenados en el arte de la guerra desde muy chicos; aún vemos a nuestros parientes con cierta regularidad, pero no es lo mismo, dejamos de depender de ellos, y ellos de nosotros.

—¿Por qué harían algo semejante?

—Porque un guerrero que se preocupa más por su familia que por su deber es un guerrero descuidado, que puede morir en cualquier instante por una distracción. Eso es impensable. Vivimos para servir al pueblo, a la nación; no podemos permitir que otros pensamientos hagan mella en nuestra disposición, que nos distraigan al momento de tomar decisiones importantes.

—¿Qué hay de la motivación entonces? Si no tienen una familia a la cual regresar después de un día duro, seres queridos que los apoyen para seguir adelante, que les den una razón para luchar hasta su último aliento…

—Nuestro orgullo por nuestra nación y por nuestro líder son las únicas motivaciones que necesitamos.

—Qué triste. —No pude evitar suspirar—. La idea de una vida sin el cariño de una familia, sin amor... me parece tan vacía, tan triste...

No hubo respuesta, al parecer ese debería ser otro tema en el que tendríamos que estar de acuerdo en estar en desacuerdo.

—¿Es difícil ser un guerrero, un *Yaotecatl*, en tu pueblo? —Pensé que sería conveniente cambiar un poco de tema, y en verdad quería saber más de él.

—Es un trabajo arduo, pero la recompensa bien vale la pena —respondió él—. Muchos se entrenan para ser guerreros, pero sólo los mejores reciben el título de *Yaotecatl*; e incluso de entre estos, son sólo un puñado los que alguna vez reciben el emblema de la *Macuilxóchitl* y son nombrados *Chimalli*... no hay honor más grande que ese.

—Debe ser algo increíble, ser admirado por todos... —comenté.

—Es increíble —admitió—. Y a la vez una gran responsabilidad. Todos esperan lo mejor de ti, y nada menos que eso, puede ser extenuante.

—Si no lo sabré yo —no pude evitar mascullar.

Él simplemente alzó una ceja.

—Recién terminé la universidad... —Noté en su expresión que no entendía esa palabra—. Ehm... un nivel de educación. En fin, el hecho es que fui una de las mejores, he mantenido un promedio alto desde hace tiempo. Mi padre a decir verdad esperaba que estudiara una carrera diferente a la que elegí finalmente, cree que lo que hice fue un desperdicio de tiempo, dinero y esfuerzo; mi madre no se opuso a mi elección, pero al mismo tiempo tiene poca paciencia con el tiempo que me estoy tomando en decidir qué hacer ahora. —Suspiré y negué con la cabeza—. Mis padres, ambos, esperaban que consiguiera una beca para hacer una ma... para seguir estudiando, pero no sólo no la conseguí, sino que no he buscado más opciones. Ellos me consideran una floja, irresponsable, ¿pero es realmente un crimen querer algo de tiempo para mí? He pasado la mayor parte de mi vida estudiando como loca, luchando por ser la mejor, para que ellos pudieran estar orgullosos de mí. Pero nada basta. Siempre esperan más, y más de mí. Y yo no sé cuánto más podré soportar.

Ni siquiera yo sabía por qué le estaba diciendo tanto a él, un hombre que apenas conocía, por qué le estaba revelando cosas que mantuve en lo más profundo de mi ser por tanto tiempo, que jamás me atreví a decir fuera de mi mente. Quizá era precisamente porque no lo conocía, sabía que él no me juzgaría; o tal vez esperaba algo más de él, de ese hombre que cada vez se parecía más a los héroes de las novelas que tanto disfrutaba leer.

No sabía cuál era realmente la respuesta; y al menos en ese momento no me preocupaba mucho descubrirlo.

## Capítulo 4

# Problemas

Llegamos a las inmediaciones de El Tajín temprano por la mañana. El viaje fue bastante largo, casi seis horas, aunque era entendible considerando todas las paradas que tuvimos que hacer para recoger a varios grupos de turistas en ciudades y pueblos en el camino. Yo me sentí demasiado cansada para permanecer despierta, pero estaba segura que Tlilmiztli no había pegado un ojo en toda la madrugada.

Me hubiese sentido relajada si al menos hubiera descansado bien, pero tal cosa es difícil de lograr cuando se tienen sueños tan intranquilos como el que yo tuve esa madrugada. Fue muy parecido al que le conté a Tlilmiztli anteriormente, excepto que en esta ocasión logré ver a un felino de considerable tamaño y negro como la noche moviéndose a mi lado, el mismo felino que avisté en los sueños de aquellas noches previas al comienzo de la locura en que me hallaba en ese momento. También me pareció sentir una sombra siguiéndome los pasos, casi tocándome los talones, pero una parte de mí tuvo demasiado miedo como para girar y mirar. Así que seguí moviéndome tan rápido como me daban las piernas, con aquel felino siempre a mi lado; aquel animal era lo único que me daba al menos un poco de estabilidad y seguridad en toda aquella secuencia de escenas que no lograba comprender.

Gracias a que había elegido que viajáramos como parte de un grupo de turistas, un equipo estaba esperándonos con desayuno y tenían una salita donde podíamos reposar un poco mientras daban inicio las actividades del día. Tlilmiztli dijo que aprovecharía ese tiempo para meditar un poco, argumentando que eso daría suficiente descanso a su cuerpo para seguir con nuestra misión. Yo decidí no cuestionarlo; en vez de eso, aproveché para recorrer los diversos puestos cercanos, recolectando todos los folletos que pudiera y alguna que otra postal sobre El Tajín y sus alrededores. Eso servía un doble propósito: en primer lugar, saber más del lugar y así confirmar lo que encontré en Internet y validar la ruta que decidimos seguir; en segundo, para tener pruebas que mostrar a mi madre si decidía preguntarme acerca de mi pequeño viaje.

Al dar la hora en que comenzaban los recorridos de los turistas Tlilmiztli salió de su aparente letargo y fue a pararse a mi lado con total naturalidad. Los dos comenzamos a caminar, manteniéndonos al final del grupo todo el tiempo hasta que, en un momento en que todos parecían estar distraídos, los dejamos por completo.

Algo más que logré hacer en el tiempo que pasé libre fue encontrar la salida más conveniente para nosotros, una lateral, desde la cual podíamos acceder con facilidad al camino que llevaba al municipio de Papantla.

No era un camino muy largo, y ninguno de los dos tuvo problema en caminarlo; sin embargo, justo antes de ingresar propiamente en el municipio me percaté de un anuncio que se hallaba sobre nuestras cabezas. Como cualquier anuncio de carretera, este señalaba la entrada a Papantla, así como la dirección que uno debía tomar si quería dirigirse a otras poblaciones cercanas, varios nombres eran de pueblitos que me parecía recordar vagamente de lo que leí en Internet, aunque sólo un nombre reconocía realmente: el de la ciudad de Poza Rica.

En ese preciso momento pude sentir algo extraño, como una fuerza intentando jalarme en una dirección diferente a la que el propio Tlilmiztli estaba tomando; era como si una parte de mí estuviera en completo desacuerdo con nuestra decisión e intentara convencerme de cambiar de rumbo. Al final decidí ignorarlo, teníamos un plan y debíamos adherirnos a él, no poseíamos tiempo como para perderlo siguiendo instintos ridículos que no presentaban una buena justificación o lógica.

Hacía varias horas que el sol había pasado el punto medio del cielo cuando por fin me dejé caer en la banca más cercana de la plaza principal. Ocupamos la mañana entera, y buena parte de la tarde, recorriendo cada calle y cada esquina del municipio de Papantla, pero fue inútil. No encontramos ni rastro de aquel dichoso miembro del *Temalacatl*; ni Tlilmiztli ni yo podíamos sentir nada. Ciertamente yo no esperaba sentir algo, esas habilidades que mi acompañante estaba seguro yo tenía, no las comprendía; aunque sabía que podía sentir a Tlilmiztli en todo momento, era algo a lo que ya me había acostumbrado, pero la idea de poder sentir a otros, conectados a mí por un título, era algo que no terminaba de aceptar todavía.

Así que, tras haber caminado cada callejón y recoveco de Papantla, no nos quedó más remedio que aceptar que nos habíamos equivocado en algo, el *Tlapiani* que debía tener el pergamino en su poder no estaba ahí.

—Es que no sé qué salió mal —no pude evitar mascullar, al tiempo que pasaba ambas manos por mi cabello—. El Tajín era el punto central, esta es la población más cercana a ese lugar. Pero no hay nada aquí. Ni guardián, ni pergamino, ni... nada.

Estaba exhausta, física y mentalmente. Nunca antes había caminado tanto en un solo día, buscando algo que ni siquiera sabía cómo era de aspecto, siguiendo únicamente un misterioso "sexto sentido" que se suponía que tanto Tlilmiztli como yo teníamos.

Él no respondió a mi comentario, caminando de un lado a otro frente a mí, era obvio que el estrés le estaba ganando a él también mientras intentaba concentrarse en algo; probablemente igual que yo, quería determinar qué habíamos hecho mal.

Yo sabía que si no encontraba algo que me distrajera, y pronto, iba a sufrir un colapso nervioso, así de grande era el estrés. Vi en el otro extremo de la banca lo que parecía la sección de sociedad del periódico de la zona. Lo tomé y de inmediato pude ver la nota que estaba en primera plana: *"Muere el más grande mecenas de las artes indígenas"*.

Me ganó la curiosidad y de inmediato abrí el periódico a la página señalada y comencé a leer. Según decían ahí, el hombre que acababa de fallecer el día previo, de nombre Adolfo Munrieta, en vida había donado mucho dinero a diversos museos, organizaciones y grupos que se dedicaban a promover las artes creadas por las culturas prehispánicas. Se mencionaba también que la heredera universal era una joven a la que el señor Munrieta adoptó menos de un año antes; un acto que desembocó en toda clase de rumores acerca de las razones que podía tener un hombre desahuciado para adoptar a una muchacha que tenía tan poco tiempo de conocer.

Entonces vi el nombre de la muchacha en cuestión y casi se me cae el periódico de la impresión: yo conocía a esa muchacha. Valeria Vázquez-Munrieta. Ella fue compañera mía en algunas clases de la universidad. Era una muchacha bonita, de ojos acanelados y cabellera pelirroja y lacia hasta poco debajo de los hombros. Cuando la conocí, ella solía trabajar medio tiempo como asistente en un despacho de contadores; y venía a la universidad en traje sastre y tacones, pues no tenía tiempo de cambiarse de la escuela al trabajo. Lo último que supe fue que el último semestre ella dejó su trabajo, aunque sus ropas no cambiaron mucho en cuanto a su estilo, y además tenía un auto, uno compacto, verde oscuro. Los rumores no se hicieron esperar, y corrían toda clase de teorías: desde que tenía un novio muy dadivoso, hasta que regalaba "favores" a personas a cambio de dinero. Podía entender de donde había salido la segunda teoría, con la adopción y todo eso; al mismo tiempo no podía evitar mi curiosidad, ¿qué hizo que ese hombre adoptara a Valeria poco antes de morir?

Una exclamación ahogada me hizo detenerme a mitad de mi lectura, alcé la vista por encima del periódico y pude notar que Tlilmiztli había dejado de ir de un lado a otro finalmente, y en ese momento sus ojos se encontraban fijos en mí… o no, no en mí, sino en la primera página del periódico que sostenía en mis manos.

—¿Qué sucede? —pregunté yo, confusa por su reacción.

Por toda respuesta él me arrebató el periódico de las manos, lo dobló rápidamente y luego volvió a ponerlo sobre mi regazo, señalando una foto que estaba en primera plana, ocupando la mitad de esta. Era la foto que acompañaba el encabezado de la nota que estuve leyendo (que de alguna forma se me había pasado): en ella aparecía Valeria con un vestido blanco, de pie frente a una mesa donde se hallaba un jarrón de un diseño que pude reconocer como prehispánico, probablemente el recipiente de las cenizas (en el artículo se mencionaba que el hombre había sido cremado).

—Sí, estaba leyendo esa nota, ¿qué con ella? —inquirí, confundida sobre qué podía haberlo alterado tanto.

—No la foto. —Negó él, al tiempo que señalaba una esquina—. Eso.

Detrás de la mesa donde se hallaba el jarrón se alcanzaba a distinguir una chimenea; sobre esta, un estante, en él había una variedad de piezas de arte igualmente de origen prehispánico, pero la que captó mi atención casi de inmediato fue lo que parecía ser un cilindro de madera tallada, madera fina y aparentemente nueva, aunque el diseño era del mismo estilo que las piezas más antiguas.

—¿Eso es lo que creo que es? —le pregunté a Tlilmiztli sin quitar los ojos de la foto.

—El contenedor del pergamino —confirmó él—. Si bien no podremos estar seguros sino hasta que lo tengamos en las manos, confío en que el estilo del tallado sea único.

—Y siendo que no existen dos iguales, ese tiene que ser el que buscamos. —Asentí yo, coincidiendo con su lógica.

—¿Dónde está este lugar? —me preguntó él.

Mis ojos de inmediato se dirigieron al encabezado del periódico, hasta dar primero con la fecha, la de ese día, y después con el lugar: Poza Rica, Veracruz.

En ese momento sentí lo que muchos llaman un *dèjá vu*, pude recordar con absoluta claridad aquel sentimiento extraño que me llenó cuando estuve frente a aquel letrero, segundos antes de entrar al municipio de Papantla. ¿Sería posible que ese fuera mi "sexto sentido" actuando? ¿Podía creer que una parte de mí supo en ese momento que la respuesta que buscaba se hallaba no en Papantla sino en Poza Rica, pero había estado tan ciega a ese nuevo sentido mío que lo ignoré?

Eso no importaba realmente en ese momento, sólo una cosa era importante: tomar un taxi a Poza Rica; una vez ahí, encontrar a Valeria Vázquez-Munrieta; y después, idear una manera de conseguir el pergamino que tenía en su poder. Suspiré. Definitivamente no iba a ser algo fácil.

Agradecí haberme acordado de guardar en mi cartera el dinero que me quedaba de lo que gané durante la universidad, haciendo trabajos de computadora para otros (probablemente no debería sorprender que otros estuvieran dispuestos a pagar por no tener que tipear tantos trabajos como solían encargarnos). Pudimos llamar un taxi para que nos llevara hasta la casa Munrieta en Poza Rica.

Al pasar el taxi por la entrada de Papantla, pude ver nuevamente aquel letrero que marcaba la dirección a varias ciudades y poblaciones menores, y pude también recordar aquello que sentí al estar de pie frente a él antes de entrar al municipio. ¿Sería posible que ese fuera el "sexto sentido" del que hablara Tlilmiztli? Si era así, entonces evidentemente el ignorarlo fue un gran error de mi parte; ¿pero ¿cómo iba yo a reconocer que esa fuerza que sentí tenía una razón de ser? ¿Cómo esperaba alguien que yo pudiera diferenciar entre una locura momentánea y la fuerza de este nuevo sentido? Suspiré, si seguía así iba a terminar con un dolor de cabeza.

—¿Cómo vamos a entrar en la casa? —me preguntó Tlilmiztli cuando nos bajamos del taxi—. Hay mucha gente entrando y saliendo, lo que significa que los servicios funerarios deben estar teniendo lugar todavía…

—Así es exactamente como vamos a entrar —le dije sencillamente, pude ver que no comprendía, pero pronto lo haría—. Tú déjamelo a mí.

Avisté que todos los que llegaban a la casa llevaban puesto algo blanco; así que de inmediato sustituí el suéter gris que llevaba sobre el *top* negro por una blusa blanca de mangas largas que no terminé de abotonar, y que hacía juego con mis *capris* de mezclilla y las zapatillas negras; luego le dije a Tlilmiztli que se quitara la chamarra café que le presté antes de viajar para que quedara con una playera polo blanca y pantalones kaki. Guardé ambas prendas en el maletín que llevaba.

—Listo —declaré satisfecha—. Vamos.

Entramos a la casa detrás de un grupo de individuos de traje, supuse que los dueños o líderes de algún
grupo de arte de la región.

Había tanta gente en el lugar, diciendo sus despedidas a quien fuera alguna vez un colega, patrocinador,
amigo, o todos los anteriores, y presentando sus condo-
lencias a la hija, que nadie pareció notarnos a nosotros
dos mientras recorríamos las habitaciones en silencio,
buscando con la mirada el recipiente que vimos en la
foto del periódico.

Fácilmente llegamos a la habitación de la fotogra-
fía, todo se veía tal como en la primera plana del periódico con excepción de un pequeñísimo detalle: el cilindro que Tlilmiztli identificó como el recipiente del pergamino no estaba en su sitio.

—No. —Mi mente de inmediato se inundó con una
docena de razones para que aquel objeto no estuviera
en el mismo sitio que el día anterior, necesitaba una
buena para no desesperarme.

—No puede ser… —dijo Tlilmiztli al mismo
tiempo.

—¿Será posible que los Mictlantecuhtli se nos hayan adelantado? —sugerí en tono bajo, aunque odiaba
hacerlo.

—No lo sé —replicó Tlilmiztli—. Me parece poco
probable, es decir, pocos saben cuál de los miembros
del *Temalacatl* es elegido para guardar cada uno de los

tesoros. Incluso así, la única señal que se da de su localización es la de un punto que coincida con las ciudades principales de mi mundo.

—Déjame adivinar, esos puntos son las ruinas más importantes de mi mundo —lo interrumpí yo, comprendiendo casi de inmediato.

—Los siete puntos más importantes de tu mundo se contraponen con las poblaciones principales del mío —asintió él—. Tenochtitlán, Teotihuacan, Chichen Itzá, Monte Albán, Tula, El Tajín y Miramar.

—¿Miramar? —Lo miré confundida, nunca había escuchado de ningunas ruinas con ese nombre—. ¿Y ese lugar dónde queda?

—¿Perdón? —Me miró enarcando la ceja como si le acabara decir que no sabía mi propio nombre, o algo igual de loco—. Estoy hablando de tu ciudad.

—¡Mi ciudad! —casi grité de lo fuerte que fue la sorpresa—. Pero eso no es posible, en mi ciudad no hay ruinas… —recapacité—. Bueno, hay una ruina, la Pirámide de las Flores, pero esa no cuenta, ni siquiera parece pirámide, sólo un montón de arena. He oído que hay otra por la calle Wisconsin, frente a una plaza, aunque yo lo único que veo cada vez que paso por ahí es una elevación cubierta de pasto, sin pirámide por ninguna parte.

—Que tú no lo veas no significa que no esté ahí, sólo que está muy bien escondida —puntualizó Tlilmiztli—. Y con todo lo que has aprendido recientemente, ¿dudas que sea posible que tu ciudad sea considerada un punto principal en mi mundo o que existan ruinas antiguas?

—Mmm... —Fingí estar pensativa—. Si lo comparamos con el descubrir que mi bisabuela era parte de un grupo que hace tres días no sabía que existía, y que alguien me trata de convencer que mis sueños son más que sólo eso... supongo que el pensar que hay ruinas antiguas bajo mi casa no es la gran cosa.

Quizás era que había tenido que enfrentar muchas cosas nuevas en los últimos días, no mucho me sorprendía ya; o quizá era que no terminaba de caerme el veinte. Ya tendría tiempo para analizarlo más tarde, en ese momento otras cosas reclamaban mi atención... como los guardias de seguridad que acababan de acercársenos a Tlilmiztli y a mí por atrás.

—No hagan ningún movimiento sorpresivo, señor, señorita —dijo uno de los hombres al pararse justo detrás mío—. Sólo den la vuelta y síganos, la señorita Vázquez-Munrieta solicita su presencia en su despacho.

De inmediato sentí la tensión en Tlilmiztli, se estaba preparando para pelear en cualquier momento, el encontrarse desarmado y en un ambiente no sólo desconocido sino muy probablemente desventajoso parecía importarle poco. Yo le sujeté el brazo y negué con la cabeza con suavidad, debía convencerlo de calmarse y no iniciar un conflicto. Si bien es cierto que la situación en que nos encontrábamos de momento no era la mejor, algo me hacía sentir que tampoco era tan malo como podía parecer a simple vista.

Dos guardias nos guiaron discretamente por varios pasillos al segundo piso de la mansión, y finalmente hasta un amplio despacho que, entre su elegante y contemporáneo mobiliario, estaba adornado también con sobresalientes piezas de arte de origen prehispánico, o imitaciones de estas.

Detrás del imponente escritorio se encontraba una mujer que no parecía ser mucho mayor que yo, ataviada, en contraste con la mayoría de los asistentes del funeral, en un traje de manta blanca, su cabello suelto caía sobre sus hombros, sus manos descansaban sobre una caja en el centro del escritorio. Era Valeria Vázquez-Munrieta.

—Las personas que solicitó están aquí, señorita —le informó uno de los guardias.

—Mi más sincero pésame por su pérdida, señorita Vázquez-Munrieta. —le dije yo con una inclinación de cabeza.

Tlilmiztli sólo inclinó la cabeza respetuosamente.

—No hace falta que te dirijas a mí con tanta solemnidad —dijo ella esbozando una sonrisa—. Después de todo, ¿no fuimos acaso compañeras en la universidad?

Yo asentí levemente.

—¿Dijeron algo los guardias para hacerlos sentir incómodos? —inquirió ella, dirigiendo su vista a los hombres que seguían de pie en la puerta—. Si es así, por favor discúlpenlos. Les pedí que fueran amables y les dijeran que esperaba me acompañaran un momento, no que los trataran como si fueran criminales.

—Señorita Valeria, nosotros sólo intentamos asegurar su bienestar —declaró uno de los hombres—. Después del intento de asesinato el día de ayer…

—¡Intento de asesinato! —no pude contener la exclamación.

—Tranquila, no hay motivo para alterarse, sólo fue eso, un intento —me aseguró Valeria, demasiado relajada en mi opinión—. El equipo de seguridad pudo detener a los sospechosos, aunque la mayoría de ellos escaparon; y los que se quedaron, murieron poco después, bajo circunstancias "sospechosas".

—¿Por qué alguien querría hacerte daño a ti? —pregunté confundida.

—¿En verdad no se te ocurre ninguna razón? —me interrogó ella alzando una ceja—. ¿No es esa la razón por la que estás… por la que ambos están aquí?

Eso en definitiva me dejó sin palabras.

—Cierto es que nunca imaginé que tú fueras parte de todo esto —continuó ella—. Aunque, por otra parte, no llevo suficiente tiempo involucrada en el asunto como para decir que sé mucho al respecto.

Comenzaba a tener una fuerte sospecha de lo que hablaba, pero mi boca parecía no poder coordinarse con mi cerebro en ese momento porque ni una palabra salió de mis labios.

—Ese colgante que llevas en la muñeca, y que estoy segura tu acompañante tiene oculto en alguna parte de sus ropas; sé lo que representa, es el símbolo de Macuilxóchitl —explicó ella al tiempo que levantaba su mano derecha para mostrar algo en ella—. Lo sé porque mi padrastro tenía uno igual.

Y, en efecto, ahí estaba, colgando de una cinta de cuero entre sus dedos, una réplica idéntica del colgante que tenía Tlimiztli en su poder, y el que yo misma recibí de Acoatl hacía poco más de una semana.

—¿Eres una Heredera? —adivinó Tlilmiztli, hablando por primera vez desde que fuimos guiados a esa oficina.

—No, no lo soy —admitió ella—. Pero mi padre era parte del *Temalacatl*. Él nunca tuvo hijos, su esposa murió antes de poder darle alguno, y él la amaba demasiado para volver a casarse después de su muerte. Yo lo conocí hace algunos años, estando de voluntaria en el hospital en Ciudad Madero, lo llevaron de emergencia después de que sufrió un ataque al corazón. Era un hombre tan amable, tan respetuoso… me sorprendió tanto darme cuenta que tras días en el hospital nadie lo visitaba. Así que hice lo que pude por pasar un tiempo con él todos los días, y poco a poco me fui encariñando con él. Pronto me di cuenta que realmente lo quería, como creo que hubiera querido a mi verdadero padre si lo hubiese conocido, no estoy segura de eso, pero en realidad no importa. Cuando salió del hospital me pidió que lo visitara aquí, en Poza Rica, dijo que se cansaba de estar siempre solo y que disfrutaba mi compañía. Así que un fin de semana lo hice, no tenía nada que hacer y tomé el primer autobús disponible a Poza Rica. Me la pasé tan increíble que volví a visitarlo al mes siguiente, y al siguiente; en poco tiempo las visitas se habían vuelto de cada fin de semana y luego un día de pronto él me preguntó si me gustaría ser su hija. Le dije que sí.

La historia sonaba tan increíble, casi imposible, y sin embargo no dudaba ni una sola palabra de ella.

—Hace algunos meses mi padre dijo que tenía que acudir a un viaje de negocios —continuó ella—. A su regreso me dijo que tenía algo muy importante que decirme, que quizás no le creería, pero que era muy importante que lo escuchara. Me habló de los *Tlapiani*, el Círculo, el otro mundo, la importancia del símbolo grabado en los colgantes, la *Macuilxóchitl*; me dijo de la existencia de ciertos objetos, tesoros del otro mundo. Dijo que él había sido escogido para guardar uno de ellos; un cilindro de madera tallada dentro del cual se encontraba un pergamino donde había quedado registrado todo lo ocurrido en la última reunión del *Temala-catl*. Dijo que si él moría yo debía guardarlo hasta que un mensajero viniera a recogerlo. Pero no sólo no llegó el mensajero, sino que en la última semana me pareció notar que me seguían unos hombres en camionetas negras; y por último ayer intentaron forzar la entrada a la propiedad, y sucedió lo que ya les dije.

—¿Piensas lo que yo? —le pregunté a Tlilmiztli.

—Fueron los *Mictlantecuhtli*, no hay duda al respecto —declaró él—. Y eso significa que están cerca, demasiado cerca. Si no tenemos cuidado estaremos en graves aprietos.

—Tlilmiztli, creo que ya estamos en graves aprietos —repliqué yo—. Si esos hombres están aquí, ¿qué los detiene de entrar en este momento y atacarnos a todos? O quizás van a esperar hasta que salgamos de aquí con el tesoro, nos atacarán y después se lo llevarán.

—Ellos jamás podrán entrar a esta propiedad —declaró el jefe de seguridad con ahínco—. No permitiremos que ningún daño caiga sobre la señorita Valeria.

—Son muy sobreprotectores —dijo Valeria esbozando una sonrisa—. Ellos creen que la intención de esos hombres era asesinarme. Pero yo pienso que era obtener esto. —Al decir eso levantó ambas manos y abrió la caja; dentro se encontraba el cilindro de madera tallada, el que vimos en el periódico—. Como ya les dije, no soy una Heredera, seré hija de mi padre legalmente, pero eso no me hace sangre de su sangre, por lo que no soy elegible. Con todo, él decidió dejarme a cargo de esta tarea en caso de que él no pudiera cumplirla por sí mismo; y para mí es un honor cumplir su pedido.

Yo afirmé, esbozando una sonrisa, podía entender de lo que hablaba.

—Es muy probable que eso sea cierto —admitióTlilmiztli, volviendo a lo que dijeran los del equipo de seguridad—. Pero eso no evitará que la lastimen si se encuentra en su camino. Son los señores de la muerte, criminales, asesinos, la más despreciable escoria. Ellos son la razón de que la mensajera enviada a recoger el tesoro nunca llegó aquí, así como tampoco arribaron a las otras casas. Si no fuera por Xochiyao, el otro tesoro estaría en sus manos ya.

Valeria me miró enarcando una ceja, adiviné en su mirada que se preguntaba cuál era mi papel en todo el asunto; era evidente con la diferencia entre Tlilmiztli y yo que mientras él era un guerrero del otro mundo, yo no tenía nada que hacer a su lado.

—Yo tampoco soy Heredera —expliqué —. Mi bisabuela era parte del *Temalacatl*, pero no fue a mí a quien eligió. Yo tampoco fui elegible, porque mi padre es extranjero, va contra las reglas. —No quería entrar en demasiados detalles—. Pero me acabé viendo involucrada, casi accidentalmente.

—Y sigues aquí —declaró Valeria.

—Y sigo aquí —confirmé—. Pese a que comenzó por un error, lo cierto es que al final fue mi propia decisión quedarme. Vi que Tlilmiztli podía usar algo de ayuda y decidí ser quien se la diera. Ahora que hemos encontrado el tesoro él podrá volver a su mundo y entregarlo, y todo volverá a la normalidad.

—¿Y tú? —inquirió Valeria.

—¿Yo? —Buena pregunta, francamente no había pensado en ello antes—. Volveré a mi vida, supongo.

Valeria asintió, aunque pude ver que no me creía mucho.

—Bien, entonces supongo que deben llevarse esto —declaró ella, ofreciéndonos el cilindro—. Si se lo preguntan, no, no he leído lo que dice, ni abrí el cilindro siquiera. Imaginé que era algo privado y no quise faltarle al respeto a nadie.

Algo me hacía pensar que aunque lo hubiera abierto no hubiera podido entender mucho, si los involucrados solían hablar en otro idioma no dudaba que también escribieran de la misma forma.

—Muchas gracias —declaró Tlilmiztli; y luego de mirar el cilindro, me lo entregó.

Yo tomé el objeto con gran cuidado y lo metí dentro del maletín, entre la ropa para que no fuera a golpearse o aplastarse.

—Mis guardias les ayudarán a conseguir transporte si lo necesitan —ofreció Valeria—. Lo que menos quiero es que algo salga mal ahora que sé que ese objeto está en las manos indicadas.

—Se lo agradeceremos bastante —aprobó Tlilmiztli—. Si fueran tan amables de ayudarnos a llegar a la estación de autobuses más cercana.

—Les conseguiré incluso unos pasajes —ofreció la mujer. Sólo díganme a qué ciudad necesitan ir.

Le agradecimos de nuevo y tras un par de llamadas teníamos dos lugares reservados en el autobús que saldría en media hora, y un par de guardias nos llevarían en uno de sus vehículos hasta la estación.

—Muchas gracias —dije yo al llegar a la entrada.

Tlilmiztli simplemente inclinó la cabeza de la misma forma que lo hizo cuando recién entramos a la oficina.

—El placer ha sido todo mío —nos aseguró Valeria—. Siéntanse con libertad de regresar cuando gusten.

Yo sólo sonreí. Me agradaba haber hecho una nueva amiga; pues si bien Valeria y yo habíamos sido compañeras en la universidad no fuimos amigas. Ahora realmente podía decir que lo éramos, y eso me hacía muy feliz.


Llegamos de vuelta cuando aún era de madrugada y yo estaba a punto de desmayarme del cansancio. El viaje había sido algo largo debido a que las calles estaban mojadas por lluvias recientes y nos encontramos con un accidente en el camino. Sin embargo, ni Tlilmiztli ni yo nos atrevimos siquiera a intentar dormir durante el trayecto. Estábamos plenamente conscientes de lo cerca que estuvieron los *Mictlantecuhtli* de obtener el pergamino antes que nosotros; y que podían encontrarnos en cualquier momento, así que no podíamos bajar la guardia, debíamos mantenernos en constante alerta, estar listos para pelear o huir si las cosas se llegaban a complicar de súbito.

Fue por esa razón que apenas llegamos a casa me derrumbé en mi cama y no supe nada del mundo sino hasta entrada la tarde.

Después de comer algo que parecía una mezcla de almuerzo y merienda saqué con cuidado el cilindro del maletín y se lo entregué a Tlilmiztli.

—Supongo que eso no se abrirá sino hasta que esté en manos de tu gente —adiviné.

Él estuvo de acuerdo y envolvió el objeto cuidadosamente en un trozo de tela que traía consigo.

—Sabes, hay algo que ha estado rondando mi cabeza últimamente —comenté.

—¿Qué es? —inquirió él, mirándome directamente a los ojos.

—Si los rumores que tú mencionaste el día que nos conocimos son ciertos y la decisión del *Temalacatl* se inclinó en contra de revelar la existencia de tu mundo al resto de la gente. ¿Qué va a pasar? —pregunté—. ¿Qué harán los miembros del *Temalacatl*, o sus Herederos? ¿Se acabó todo ahí o esperarán otro período de tiempo antes de considerar la posibilidad de nuevo de revelar su existencia?

—No lo sé —admitió él—. Eso es algo que los líderes de mi pueblo deberán decidir.

—Mmm… —No pude retener un suspiro—. Y sospecho que las cosas que han sucedido el último par de semanas en nuestro mundo no ayuda mucho a nuestro caso.

—Sería considerado como una prueba más del riesgo que podría correr toda mi gente de revelarse nuestra existencia —coincidió él.

—¿Y qué hay del riesgo en que pudieramos encontrarnos nosotros por culpa de tu gente? —le pregunté de pronto—. No pretendo acusar a nadie, sólo estoy sugiriendo una posibilidad.

—No lo tomo a mal —aseguró—. Estoy seguro que los líderes deben haber considerado esa posibilidad y estar preparados para manejar cualquier situación que se presente.

—Es imposible prepararse para todo —dije yo serena—. Y la prueba está aquí mismo. Siempre es una posibilidad que las cosas puedan salir mal, o al menos no como se planeó. Y tu gente no estaba completamente preparada para manejar la situación por la que estamos pasando nosotros ahorita.

—¿Qué te hace decir eso?

—Míranos. Aquí estamos, tras haber recuperado uno de los tesoros después de que estuviera a punto de escapársenos entre los dedos. Sospecho que si no hubiéramos llegado en el momento en que lo hicimos no lo hubiéramos conseguido. Y eso que ya teníamos un plan, sabíamos lo que buscábamos y dónde empezar a buscar. ¿Cómo hubieran sido las cosas si no hubiéramos tenido ese plan?

—¿Estás diciendo que, si no fuera por ti, la misión hubiera fallado?

—No lo digo por mí —discutí—. Yo no me considero imprescindible en esta misión, más bien todo lo contrario. Pero el hecho es que es una locura que alguien, quienquiera que sea, espere que una sola persona solucione un problema que iniciaron muchos. Entiendo que eres un guerrero, un *Yaotecatl*, y lo que eso significa; pero sigo creyendo que algunas misiones son demasiado grandes para ser responsabilidad de un solo hombre.

No me respondió, y yo no sabía si era porque me daba la razón o porque se sentía ofendido por lo que dije, pero no podía cambiar mi forma de pensar.

—Además… —decidí terminar de explicar de una buena vez—. Creo que si se hubieran preparado más desde antes, este problema jamás se hubiera dado —suspiré—. Es cierto que no tengo ni la más remota idea de quién lo inició, nunca me lo dijiste; igual pudo ser un Heredero inconforme, un traidor, un espía, un accidente… no lo sé, hay incontables opciones. Eso en realidad no importa ahora. Mi punto es que si bien en este caso los "malos" son de mi mundo, no hay que olvidar que en cualquier momento la situación podría invertirse. Y es por esa razón que, una vez que vuelvas a tu mundo, que concluyas tu misión, debes instar a los líderes de tu pueblo a ser más cuidadosos, a considerar todas las posibilidades, positivas y negativas, antes de volver a intentar esto o declararlo como imposible. Lo que menos quisiera yo es que se perdieran más vidas, de tu gente o la mía, sólo por falta de preparación y planeación.

El silencio se extendió por lo que pareció una eternidad, aunque en realidad apenas fueron unos cuantos segundos. Yo había decidido que esa conversación, o tal vez debería llamársele monólogo, no había servido de mucho y que lo más conveniente sería retirarme mientras aún me quedara algo de dignidad intacta. Claro que la retirada se complicó cuando una mano me sujetó por la muñeca, impidiéndome el movimiento.

—No eres prescindible, de ninguna manera —escuché la voz de Tlilmiztli en mi oído y no pude evitar preguntarme en qué momento se me había acercado tanto—. Es una verdad innegable que si no fuera por ti esta misión hubiera resultado en un fallo total hace mucho. Si no fuera por ti, los tesoros se hallarían ahora en manos de nuestros enemigos. Eres una parte indispensable de todo esto, y nunca quiero que vayas a pensar lo contrario… Xochiyao.

Me fue imposible esconder la sonrisa que se dibujó en mis labios al escuchar esas palabras, era lindo saber que él apreciaba mi presencia y ayuda, que no era únicamente un estorbo o una irritante acompañante.

—Gracias, Tlilmiztli —murmuré, girando sobre mis talones para poder verlo a la cara.

Y vaya que quedamos cara a cara, apenas un par de centímetros de espacio entre nosotros. Por un instante me pregunté si alguna vez antes había estado tan cerca de un hombre, especialmente de uno tan apuesto, no lo creía; y si así fue, en ese momento no podía recordarlo; en ese momento no podía pensar con claridad.

—Tlilmiztli… —no pude evitar suspirar, mis ojos entrecerrados, al tiempo que hacía que la distancia entre nosotros fuera aún menor.

—Quizás sería conveniente que durmieras un poco más —declaró él de pronto, dando un paso hacia atrás, separándose de mí—. Luces cansada.

—Lo estoy, un poco —mentí, bajando la cara para que no notara el rubor en mis mejillas o la consternación en mi expresión.

Él estuvo tan cerca de mí, habíamos estado tan cerca uno del otro… y él parecía ni siquiera haberlo notado.

—Mañana temprano iré a casa de mis padres a recoger el *Tlayolohtli* —le informé al tiempo que me dirigía de vuelta a mi cuarto.

—De acuerdo —dijo él dirigiéndose al suyo.

—Supongo que entre más pronto tengamos todo listo más pronto podremos concluir esta misión —continué.

—Sí —convino él.

—Y más rápido podrás volver a tu mundo —agregué.

—Ajá. —Él asintió, parecía satisfecho con la idea.

*Insensible…* eso únicamente lo pensé, no lo dije, jamás me hubiera atrevido a decirle algo semejante a su cara. No podía creer que justo cuando parecía que estábamos conectando de alguna forma, sucedía esto. Por otra parte, quizás esa conversación no significó nada para él, yo solamente había estado imaginando cosas; sí, eso debía ser. Fue demasiado para un solo día; de hecho, habían sido un par de días muy largos y cansados. Me encargaría del resto al día siguiente, en ese momento sólo podía pensar en dormir.

A la mañana siguiente, apenas me tomé suficiente tiempo para desayunar y salí rumbo a la casa de mis padres a recoger el paquete. Había vuelto a tener un sueño esa noche, pero a diferencia de otras ocasiones no quería pensar en ello; no quería pensar en estar encogida en un espacio oscuro, completamente sola; sabía que aquel puma negro que me hacía compañía en el plano de la inconsciencia desde que comenzó mi extraña aventura no me acompañaba en ese momento, y no era sólo que no lo pudiera ver, sino que tampoco lo podía sentir, y eso me aterraba más que nada en el mundo. Era una sensación de asfixia, algo tan cercano al terror, que una parte de mi cerebro no comprendía que pudiera resentir tanto la ausencia de un solo ser vivo. Algo dentro de mí se preguntaba si aquel sueño era un presagio de lo que vendría cuando tuviera que decirle adiós a Tlilmiztli; pero la gran mayoría se negaba siquiera a pensar en ello, prefería concentrarme en terminar mi parte de la misión… aunque eso sólo acelerara su partida.

Llegué a casa de mis padres sin problemas, y una vez ahí me apresuré a mi recámara. Abrí mi pequeño cofre y sin vacilar saqué el pequeño paquetito escondido al fondo. Lo metí en la primera bolsa de mano que encontré, y agregué un paquete de pañuelos, un cepillo, cosméticos, y otras cosas para disimular en caso de que alguien llegase a ver el interior. Sonaba increíble, quizás paranoico, pero sólo quería ser precavida.

Bajé rápidamente las escaleras de vuelta a la cocina, y justo antes de salir se me ocurrió dejarle una nota a mi madre, explicándole que había regresado de mi viaje, que me encantó y que estaba trabajando con toda la información que conseguí. Apenas terminé de escribir aquello no pude evitar pensar que realmente tendría que redactar algo, aunque no lo usara para nada, si quería sostener mi historia del viaje de investigación.

Estaba a punto de salir de la casa cuando sorpresivamente el teléfono sonó.

—¿Bueno? —respondí—. Ah, hola Dan… Mi celular… —Chequé mi bolsillo un momento—. Ah, lo olvidé en la casa, la otra casa… De veras lo siento, pero… ¿para qué me buscabas?… ¿Ir a comer? Claro, me encantaría… pues ahora tengo que terminar un encargo pero después no tengo nada que hacer. —Y ciertamente, una vez que hubiera entregado el *Tlayolohtli* no tendría nada más que hacer—. ¿Te veo a las dos entonces?... Sí, en mi casa, ahí es donde me estoy quedando en este momento… Realmente no lo sé, pero no creo que mucho tiempo más. Seguramente estaré volviendo a casa de mis padres en los próximos días… De acuerdo, entonces ahí te veré en unas horas… *Ciaito*…

Tenía tiempo que no iba a comer con Dan, pero era mi amigo, mi mejor amigo, y realmente no quería perder esa relación con él; además, una buena comida y larga plática con él debía ser una buena manera de olvidarme al menos un rato del que me estaría dejando pronto. O al menos de eso intentaba convencerme yo.

Llegué de vuelta a mi casa apenas unos cuantos minutos después gracias al poco tráfico que había a esa hora de la mañana.

Tlilmiztli ya estaba vestido nuevamente en sus ropas originales cuando yo entré en la casa, era evidente que tan sólo esperaba que le entregara el Corazón para marcharse; no hice comentario al respecto, había tenido el trayecto de una casa a la otra para hacerme a la idea de ello. Era de esperarse, en realidad debí haberlo sabido desde que todo comenzó; pero es que cuando inicié aquella aventura me sentí tan emocionada que no fui consciente de que en algún momento todo iba a terminar, porque todo tiene un principio y un fin, es el ciclo natural de las cosas.

—Aquí tienes —le dije, sacando el paquete de mi bolso y entregándoselo.

Él hizo un gesto de agradecimiento y lo tomó en sus manos; yo me dispuse a retirarme de inmediato, no me sentía con suficiente fuerza de voluntad para verlo marcharse y mantenerme impasible.

—Espera un momento —me detuvo él con su voz, sus ojos seguían fijos en el objeto que le entregué.

—¿Qué sucede ahora? —pregunté girándome a verlo—. Eso era lo único que te faltaba, ¿no? Misión cumplida.

—Algo no está bien —señaló él—. El peso no es el indicado…

Al decir eso empezó a desenvolver el paquetito. Al retirar el trozo de tela pude verlo: no parecía un corazón, no realmente, era como una piedra preciosa, o más bien una mezcla de varias como el jade, la amatista, la turquesa, el topacio, la obsidiana y otras cuyos nombres no podía recordar en ese momento. Parecía tener alguna clase de símbolos tallados, pero con la combinación de colores era difícil estar completamente segura. Respecto a la forma, parecía media esfera, media…

—El Corazón de la Tierra está incompleto —escuché a Tlilmiztli decir, aunque yo estaba demasiado anonadada por las posibles implicaciones de esa declaración—. Esto sólo es la mitad del *Tlayolohtli*.

Sólo una palabra salió de mi boca en ese momento:

—¡¿Qué?!

## Capítulo 5

# Secuestro

—En este paquete sólo está la mitad del *Tlayo-lohtli* —repitió Tlilmiztli, sus ojos clavados en los míos.

—¿Por qué me hablas de ese modo? —inquirí yo, tomando la defensiva—. ¿Por qué de pronto siento que me estás acusando de algo?

—Yo creí que tú tenías el Corazón completo — dijo señalando la gema en sus manos—. Que sólo teníamos que recuperar el pergamino. Sin embargo, aquí sólo está la mitad de la joya. ¿Dónde está la otra mitad?

—¿Cómo esperas que yo lo sepa? —le pregunté yo—. Te entregué el paquete tal cual Acoatl me lo entregó a mí. Jamás lo abrí, ni siquiera para darle una ojeada. Y aunque lo hubiera hecho, no hubiera tenido ni idea de qué era, ¡así que no hay manera de que yo hubiera sabido que ahí sólo estaba la mitad del tesoro!

Un silencio tenso y extremadamente incómodo se cernió sobre nosotros por varios minutos que parecieron eternos.

—¿Sabes qué? —dije yo finalmente, tomando la chaqueta que apenas acababa de dejar sobre una silla cercana—. Olvídalo. Voy a salir de aquí antes que alguno de nosotros diga algo que ambos lamentemos. Espero que cuando regrese te hayas calmado; así podremos hablar de este asunto con tranquilidad y encontrar una solución juntos.

Sin decir más, salí por la puerta de enfrente dando un portazo; si hubiera sabido lo que venía, quizás me hubiera detenido a respirar hondo primero.

Estaba furiosa, o no, más que furiosa. Que él siquiera considerara la posibilidad de que la falta de la mitad del *Tlayolohtli* fuese mi culpa... ¡No era lógico! Sin importar por donde se viera, no había manera de que hubiera podido hacer eso, pero eso no evitó que él lo pensara... Lo que no entendía era por qué. Hasta el día anterior nos habíamos llevado tan bien, como si fuéramos íntimos amigos, como si lleváramos una vida entera de conocernos y no sólo unos cuantos días. Y ahora sucedía esto.

No sé cuánto tiempo estuve caminando, ni siquiera puse atención a la dirección en que iba, simplemente dejé que mis pies se movieran por sí solos. Para cuando me di cuenta, me encontraba ya frente a lo que parecía una cabaña de madera con un letrero que decía *"La*

*Casa del Chocolate "*; se trataba de una chocolatería, mi lugar favorito para casi cualquier ocasión. Fuera que estuviera muy contenta y quisiera celebrar; enojada y con deseos de calmarme; triste con ganas de consolarme... o cualquier otra cosa... una chocolatería era el lugar perfecto para encontrar la solución. Era bien sabido por todos los que me conocían que yo adoraba el chocolate, de todo tipo, y era una clienta frecuente de ese lugar.

En ese momento, con tantas emociones diferentes dando vueltas dentro de mí: coraje, tristeza, decepción, cansancio; no estaba muy segura si el chocolate sería suficiente, pero era algo con que distraerme.

Justo estaba entrando en el pequeño negocio cuando de pronto noté algo en el reflejo en las puertas de cristal; me veía mí misma, y no me veía muy bien que digamos; pero detrás mío, también me pareció avistar una camioneta pasando por una calle aledaña. Vacilé por un momento, preguntándome si la visión era un truco de mi imaginación, deseando que así fuese en realidad; pero entonces pude verlos dando la vuelta a la esquina, al menos cuatro hombres vestidos de negro, del mismo estilo que los que persiguieran a Acoatl.

De inmediato entré al negocio, sabía que tenía dos, tres minutos cuando mucho, antes que ellos llegaran hasta donde yo estaba; y lo que menos quería era que otras personas, personas inocentes, se vieran afectadas. No había manera de que huyera, eso era definitivo, las habilidades físicas no eran mi fuerte, y no veía ningún lugar cerca donde lograr escabullirme de la manera en que lo hice aquel día en el centro. Lo mejor que podía hacer era asegurarme que no podrían encontrar mi casa, o a Tlilmiztli y los tesoros que él ya tenía en su poder; y, de ser posible, hacerle saber por qué yo no regresaría… y es que dudaba que sólo porque no tenía en mi poder lo que querían me dejarían ir.

—Carly —llamé a la dependiente—. Necesito pedirte un favor.

—Seguro —me contestó ella con una sonrisa simpática—. ¿De qué se trata?

La dueña del negocio era una mujer de mediana edad, cabello castaño oscuro con algunas canas, ojos cafés con un extraño brillo que la hacían ver más joven, sin importar su cabello gris. Vestía un sencillo vestido color crema con un delantal blanco encima; siempre tenía una sonrisa en su rostro, y un aire de tranquilidad y afecto que la hacían ver muy bonita. Al menos eso pensaba yo cada vez que la veía.

—Había quedado de verme con mi amigo Dan, seguro que tú lo recuerdas —le comenté—. Pero acabo de recordar que tengo un asunto muy importante que atender y debo irme de inmediato. No tengo tiempo de telefonear a Dan ni nada. Así que me preguntaba si podría dejarte contigo un recado y una cosa que le iba a dar, sólo para que sepa y que no se preocupe. Ya cuando me desocupe le hablaré y me disculparé de manera apropiada.

—Claro que sí, cielo, tú déjame lo que quieras, que yo me aseguraré que lo reciba. ¿Necesitas con qué escribirle una nota? —me preguntó ella.

Yo asentí agradecida y ella de inmediato me pasó una libretita y una pluma. Como sabía que el tiempo era corto y no quería arriesgarme a que otros leyeran la nota decidí ser breve: *"Dan: Me temo que surgió algo, no puedo quedarme. Espero que nos veamos pronto".* Tras pensarlo unos segundos me decidí y escribí en el borde de la nota: *"Mictlantecuhtli".* Era riesgoso pero, ¿de qué otra forma podría siquiera intentar hacerle saber a Tlilmiztli lo que me había sucedido? Y eso era tomando en cuenta que, de alguna forma Dan y Tlilmiztli se encontrarían y que el *Chimalli* leyera la nota. Estaba dejando demasiadas cosas al azar, pero no tenía tiempo para pensar en algo mejor.

Carly me ofreció una bolsa de papel para que metiera lo que fuera que le quería dejar a Dan. Lo que puse en ella fueron en realidad mis llaves, mi celular y mi cartera; tenía que asegurarme que no llevara conmigo nada que pudiera hacer que aquellos hombres dieran con mi casa, mi familia o mis amigos. Me estaba básicamente autoincomunicando, pero no tenía una mejor idea en ese momento.

—Ya está —declaré —. Muchas gracias Carly, te debo una.

—No te fijes, cariño —me dijo ella con su típica sonrisa—. Tú sólo asegúrate de volver pronto. Sabes que siempre te tengo un chocolate especial.

—Gracias, volveré pronto. —O al menos eso esperaba.

En otras circunstancias le hubiera pedido un chocolate para llevar, pero en ese momento dudaba que pudiera tragar siquiera agua.

Sentía que el pánico amenazaba con apoderarse de mí, pero no estaba dispuesta a permitirlo; tenía que seguir mi plan al pie de la letra, sólo así me aseguraría que otros no salieran afectados.

Me detuve por un segundo en la salida del negocio para respirar hondo; sabía que lo que venía no iba a ser bueno, de ninguna manera; a decir verdad, seguramente sería muy malo, ni siquiera podía estar segura cuánto tiempo más de vida tendría a partir de que aquellos hombres me alcanzaran… pero el tiempo para cambiar de opinión, para mantenerme al margen del asunto, había pasado ya. Tuve varias oportunidades, podía haber rechazado el nombramiento de Acoatl, podía no haber vuelto a la laguna una semana después a buscar explicaciones, podía haber ignorado a Tlilmiztli la primera vez que lo vi, o simplemente haberle entregado el paquete que me dio Acoatl y dejarlo que se las arreglara él como pudiera. Pero no hice nada de eso; elegí quedarme, ayudar, arriesgarme, y a esa decisión debía atenerme. Quizás no había estado completamente consciente de los riesgos cuando todo comenzó; pero ahora los conocía a la perfección, así como también sabía lo mucho que se podía perder si vacilaba en ese momento; lo mucho que no nos podíamos permitir perder. Siempre quise ser una heroína, ese era el momento de demostrar que sí podía serlo. Salí de la chocolatería y comencé a caminar con aparente despreocupación calle abajo; no podía ver a los hombres, pero no necesitaba hacerlo, sabía que me habían visto en el mismo momento en que puse un pie fuera del negocio y que me estaban siguiendo de cerca, tan sólo esperando el momento indicado para acorralarme.

Como no quería que alguien notara algo sospechoso e interviniera, que alguien fuera a resultar herido sólo por intentar ayudarme, decidí darles esa oportunidad yo misma. Doblé en la siguiente esquina y después empecé a caminar por calles menos concurridas, hasta llegar a una parte sin pavimentar que iba cerro arriba. Conocía esa zona porque una amiga había vivido por ahí un tiempo, y sabía que los carros no circulaban por ahí pues corrían el riesgo de dañarse una llanta, el mofle o algo más.

Empecé a caminar cada vez más lento; podía sentir, de alguna forma, cómo aquellos hombres se acercaban cada vez más, me cercaban; fingí no notarlo.

Entonces sucedió, con apenas una sensación de tensión en todo mi cuerpo antes de que se me fueran encima. No tuve tiempo de reaccionar, ni siquiera de abrir la boca para intentar gritar, fui alzada en vilo y pasada de un par de brazos a otros varias veces hasta que sentí que uno me dejaba caer bruscamente sobre un asiento que parecía estar cubierto con plásticos.

Intenté moverme, pero me resultó imposible, en algún momento mis manos fueron atadas frente a mí, mis piernas estaban igualmente inmovilizadas, un trozo de tela me tapaba los ojos mientras que otro me cubría la boca.

—¿Están seguros que es ella? —Mi oído definitivamente seguía funcionando a la perfección, y pude escuchar a uno de los hombres hablarle a los otros.

—Sí —respondió otro—. Ella es la chica a la que hemos visto en varias ocasiones con el *Yaotecatl*. Y la confirmación está en su muñeca.

Pude sentir que uno de ellos agitaba el colgante que aún tenía sujeto a una muñeca, el emblema de la *Macuilxóchitl*.

—Si es ella, ¿dónde está el tesoro? —preguntó el primer hombre.

—No lo sabemos —replicó uno—. No lo llevaba consigo.

—No lleva nada que nos ayude a identificarla —agregó otro—. Ninguna identificación, ni celular, nada de nada.

No pude evitar sonreír internamente, tal parecía que al menos en ese punto mi plan estaba funcionando.

—¿Cómo te llamas? —escuché a uno preguntar.

Justo me preguntaba a quién estarían interrogando cuando sentí que bajaban la tela que cubría mi boca, haciéndome saber que la pregunta iba dirigida hacia mí. No respondí. No podía hacerlo, sería lo mismo que si hubieran encontrado mi celular o mi cartera; un nombre era algo que podrían rastrear, y eso perjudicaría a mis amigos, mi familia y obviamente a Tlilmiztli. Eso simplemente no era una opción.

—¡Te preguntaron que cuál era tu nombre! —Un dolor en una mejilla acompañó aquel reclamo de uno de los hombres más cercanos a mí.

Hubiera querido prolongar mi silencio lo más posible, pero al mismo tiempo sabía que no era una buena idea provocar su ira. Si quería sobrevivir al horror en el que había caído debía ser inteligente; y eso no incluía incitar a los que en ese momento tenían mi vida en sus manos… literalmente.

Y de pronto lo supe, recordé las veces que escuché a Tlilmiztli pronunciar aquella palabra, el momento en que comprendí que hacía referencia a mí, que era mi nombre, o al menos el nombre que aquel hombre de otro mundo, por alguna razón, decidió darme. Y ese era el nombre que decidí usaría yo a partir de ese momento.

—Xochiyao… —murmuré con voz ronca.

La mezcla de miedo y anticipación me bloqueaba la garganta.

—¿Xochiyao, eh? —comentó uno de los hombres.

—Es una de esas brujas del otro mundo —declaró otro desde atrás mío.

—Una *Yaocihuatl* —puntualizó uno más.

—Si es una bruja, ¿por qué no se defendió? —A nadie parecían importarle mucho los títulos usuales del otro mundo.

—Buena pregunta… —comentó el primero—. ¿Qué hace que una bruja opte por no defenderse?

—Desear defender a alguien más… —declaró uno con un tono que no conseguí identificar pero que no me gustó en lo más mínimo.

—¿Y a quién puede una bruja querer defender? —preguntó el primero con anticipación.

—A otro igual que ella —dijo uno de inmediato.

—Es aquel hombre que hemos estado siguiendo las últimas semanas —dijo uno más—. El que llegó después de que nos deshicimos de aquellas otras brujas que se hacían llamar mensajeras… —Me provocó temor. Casi podía ver la sonrisa cruel en su boca.

—¿También nos desharemos de ésta entonces? —inquirió uno, y pude sentir su mano rozar mi brazo, dejando escalofríos a su paso.

—No, no por ahora. —Decidió el que parecía ser el líder—. Por el momento nos conviene mantenerla con vida. Ya después veremos qué sucede…

El silencio predominó por unos instantes, fue difícil saber cuánto; tener bloqueados varios de mis sentidos me dificultaba las cosas. Sentí por un instante un punzante dolor en la base de mi cráneo, y eso fue lo último de lo que fui consciente por un buen tiempo.

Desperté con un fuerte dolor de cabeza, deseé con todas mis fuerzas poder masajear mis sienes, o hacer algo que aliviara al menos un poco el malestar, y fue entonces cuando me di cuenta que, pese a que todavía tenía cuerdas alrededor de mis muñecas y tobillos, al menos ya no estaban atadas juntas, y que la cuerda que sujetaba mis tobillos se extendía para rodear un tubo ubicado junto a la silla donde me sentaron. Era de esperarse, no se iban a arriesgar a que yo intentase escapar. Intentaba colocar mis pensamientos en orden a pesar del dolor que me taladraba la cabeza cuando bruscamente uno de ellos puso un plato en mis manos. El platillo que me ofrecieron no tenía mucho, apenas un pedazo de sándwich que no parecía estar hecho con ingredientes de muy buena calidad. Pero era algo, y yo me estaba muriendo de hambre, no había comido nada desde el desayuno, justo antes de ir a recoger el *Tlayolohtli* de la casa, y no tenía ni idea de cuánto tiempo pasé inconsciente.

De pronto no pude procesar nada más en mi mente; recordar lo sucedido me hacía pensar en Dan y en Tlilmiztli, y no podía evitar preguntarme si lograron conseguir mis cosas con Carly, si entendieron lo ocurrido, si le dieron importancia… Estaba plenamente segura que a Dan le importaría, pero dudaba que fuera a lograr algo sin la ayuda de Tlilmiztli.

Mientras masticaba el sándwich empecé a concentrarme en todos mis sentidos, deseaba saber dónde me hallaba. Podía ver el pequeño cuarto a mi alrededor, pero no tenía idea si estábamos aún en mi ciudad natal, o si quizás nos hallábamos ya en otro lado del país. Me decía a mí misma que con esa información podría hacer algún plan; ya fuera para pedir ayuda o, de presentarse alguna oportunidad, para escapar; aunque lo cierto es que necesitaría una increíble cantidad de suerte para cualquiera de las dos cosas, y dudaba que tuviera tanta.

Pasó un buen rato, aunque la verdad es que el tiempo tiene poca importancia cuando no puedes seguir su paso de manera confiable. Ni siquiera sabía si era de día o de noche, mucho menos la hora. Finalmente la puerta se abrió, vi entrar a uno de aquellos hombres de negro, usando lentes oscuros aún en aquel edificio cerrado, sostenía un celular en una mano y parecía estar hablando con alguien, o quizás discutiendo sea una mejor descripción; lo cierto es que quien quiera que fuera su interlocutor parecía tener mayor autoridad que el hombre que se encontraba en ese momento frente a mí, así como un muy mal humor… lo podía escuchar gritar desde donde estaba sentada.

—Llegaremos pronto… —decía él en el teléfono—. Sé que vamos retrasados… fue culpa del idiota de Marcos… No, no hemos recuperado los tesoros. Ella no los llevaba consigo cuando la capturamos… No, no llevaba ninguna identificación de ningún tipo… No ha hablado más que para decir su nombre… Sí, es una de ellos… No hemos visto a su compañero aún. Nunca he visto que uno de ellos abandone a otro de los suyos, como vimos con aquella otra; ellos parecen tener muy marcado su sentido del honor y la lealtad. Contamos con eso… En este momento no estamos seguros de nada… Sí, la interrogaremos para confirmar… Yo le haré saber en cuanto tengamos información… Sí, eso será muy pronto, se lo prometo… Llegaremos al Valle de los Atlantes mañana… Como usted ordene, Señor.

Muchas cosas pasaron por mi mente en ese momento, pero una en especial; recordé cuánto me gustaban los cuentos de hadas; desde que tenía memoria las historias de aventuras, con caballeros de armadura, príncipes valientes, princesas rebeldes, y todo lo demás, se convirtieron en mis favoritas. Mi sueño toda la vida fue vivir una aventura, y me tomó estar a la mitad de una para darme cuenta de la verdad: la vida real no es un cuento de hadas. En los libros si algo desagradable pasa, algo triste o trágico o espantoso, uno simplemente cierra el libro, podemos elegir dejarlo para otro día, saltarnos por completo ese capítulo, o incluso olvidarnos completamente de la historia. En la vida real eso no es posible, porque sin importar qué tan triste, dramático u horrible sea algo, tenemos que vivirlo, debemos luchar por sobrevivir y seguir adelante. Eso era lo que yo tenía que hacer en ese momento. Tenía que sobrevivir, y esperar que ese no fuera el final de mi historia, que encontraría la manera de pasar ese capítulo y encontrar mi final feliz; y si no era así… no quería ni pensar en eso…

Fue en ese momento que lo supe: había aceptado involucrarme en todo ese asunto sin saber lo que me esperaba, buscando únicamente vivir una aventura como la de mis novelas favoritas; ahora sabía en lo que estaba metida, era dolorosamente evidente, y encontraría la manera de salir adelante, porque más que una novela, eso era ahora mi vida, y era algo que quería seguir hasta el final.

—Veo que comiste —comentó el hombre viendo el plato vacío que dejé en el suelo—. Eso es bueno, significa que tendrás fuerzas, y vas a contestarme algunas preguntas.

Guardé silencio, sabía que no era lo más sabio, pero tampoco lo era darle todo lo que quisiera o dejaría de serle útil demasiado pronto.

—Sabes que no es una buena idea hacerme enojar. La única razón por la que sigues viva y en buenas condiciones es porque te necesitamos. Pero si no cooperas, tu situación puede cambiar muy rápido.

Seguí en silencio, pero bajé la cara, en un intento por hacerle creer que tan sólo con eso me había doblegado.

—Comencemos entonces —él sonaba satisfecho—. Tu nombre.

—Xochiyao —volví a decir, como lo hice cuando me capturaron.

—Así que es cierto, realmente eres una bruja —declaró él.

—*Tlapiani* —lo interrumpí yo, alzando la vista tan sólo un poco.

—¡Je! —Él no pareció molestarse, sino todo lo contrario—. Así que las otras cosas que he escuchado sobre tu gente son ciertas también, valoran el honor más que su propia vida, su orgullo como guerreros.

Me estaba haciendo burla, pero no me importaba en ese momento. Lo cierto es que podía recordar que yo misma le reproché precisamente eso a Tlilmiztli en una ocasión; pero en ese momento necesitaba que él, que todos ellos me creyeran una *Yaocihuatl*, y si para eso tenía que hacer las mismas cosas que le reprochara a aquel *Chimalli*, era un pequeño sacrificio que hacer.

—¿Dónde están los tesoros? —me preguntó él.

Sabía que esa pregunta venía, y sabía que a él no le iba a gustar la respuesta, pero eso no me hizo cambiar de opinión al respecto.

—No lo sé —repliqué.

—Mentirosa. —La bofetada fue suficiente para voltearme el rostro—. Confiesa, ¿dónde están el pergamino y la otra mitad de la joya?

—¡Ya dije que no lo sé! —le grité.

—¿Qué hay de tu compañero? —preguntó él—. No estaba contigo cuando te capturaron.

—Tampoco sé —repliqué, intentando aparentar indiferencia—. Discutimos y yo me fui.

—¿De dónde? —inquirió—. ¿Dónde estabas? ¿Dónde está él ahora?

De nuevo guardé silencio, y ni siquiera la bofetada que me dio me hizo hablar.

—Sí, esa lealtad —dijo él con voz helada—. Me pregunto hasta dónde llegará. ¿Serías capaz de morir por esa lealtad?

No le respondí, lo cierto es que no quería pensar en ello.

—Tu compañero no estará aquí ahora, pero tampoco va a abandonarte —declaró él con intensa satisfacción—. Tarde o temprano vendrá por ti; y cuando lo haga, lo estaremos esperando; le arrebataremos los tesoros y después los mataremos a ambos.

El escalofrío que me recorrió con esas palabras hizo aumentar el pánico que ya estaba sintiendo en ese momento; pero no pudo hacerme cambiar de opinión.

—Él no caerá tan fácilmente. —No pude evitar retarlo una vez más—. Y yo tampoco.

—Eso lo veremos —siseó él, y salió de la habitación dando un portazo.

Cuando él se fue pude sentir algo similar a desesperación inundando todo mi ser, algo que me impedía respirar pese a no tener nada tapándome la nariz o la boca, que me hacía sentir como si me estuviera ahogando. Y de pronto fui consciente como nunca antes de aquel sexto sentido del que Tlilmiztli me habló tantas veces, la habilidad de sentir el poder relacionado con él y con los tesoros del otro mundo. Fui consciente de él, porque en ese instante me percaté de cuán sola me encontraba en ese momento; no era sólo la ausencia de él, sino de todo lo conocido, la misma tierra bajo mis pies parecía una extraña a comparación con el ambiente al que estaba acostumbrada. Y entonces comprendí algo más, aquel sueño que tuve justo después de volver de Poza Rica, no había hecho referencia a la partida de Tlilmiztli, sino a lo que me estaba sucediendo en ese momento. Al parecer Tlilmiztli acertó también en eso, mis sueños eran premonitorios; si tan sólo hubiera sabido interpretarlos antes.

Transcurrió un período indeterminado de tiempo, que yo pasé rezando porque aquel hombre no fuera a volver, cuando de pronto me pareció escuchar un zumbido, algo similar al sonido que hacía un celular en vibrador. Y entonces lo vi, la luz de la pantalla apenas visible entre un montón de lonas que fueron arrojadas descuidadamente junto a la puerta.

Me pregunté qué podía hacer yo con aquel celular que resultara útil. Una llamada telefónica no era una opción, corría el riesgo de que quedara registrado el número, o peor aún, que me escucharan y así pudieran encontrar a Tlilmiztli o a Dan. Entonces se me ocurrió, un mensaje, tan sólo tenía que asegurarme de ponerle que no lo guardara y asunto arreglado, lo que necesitaba era pensar qué escribir en el mensaje.

Me paré de la silla con cuidado, mi cuerpo tenía dificultad para sostenerse y las cuerdas limitaban mi movimiento; además, era difícil concentrarse en algo específico cuando la cabeza me seguía doliendo por el golpe que me dieron, que a decir verdad era peor después del par de bofetadas. Pero no me podía rendir.

Me tomó un gran esfuerzo, tuve que recostarme en el sucio suelo y estirarme hasta que pude jalar el borde de una de las lonas, poco a poco, hasta que el teléfono estuvo a mi alcance. De inmediato tomé el aparato en mis manos y tecleé mi propio número de celular; sabía que si mi plan anterior había funcionado, Dan o Tlilmiztli lo tendrían en ese momento, así que podrían ver ese mensaje y deducir quién lo mandaba.

Cuando finalmente tuve la pantalla de mensajes frente a mí, todavía no decidía qué escribir; no podía extenderme mucho, no tenía tiempo para intentar convencerlos de que estaba bien ni nada parecido. Entonces recordé parte de la conversación que tuvo ese hombre con el que parecía ser su jefe: «Llegaremos al Valle de los Atlantes mañana…».

El Valle de los Atlantes… recordé en ese momento las horas pasadas frente a mi *laptop* investigando de las culturas prehispánicas; ya tenía la información de El Tajín, pero eso había despertado mi curiosidad sobre las otras ruinas, las más importantes. Y después descubrí que esos lugares coincidían con aquellas poblaciones principales del mundo de Tlilmiztli. Recordé una en particular, que en mi mundo estaba conectada con los Toltecas, la civilización que construyera los Atlantes…Tula.

*"Tula"*. Fue lo único que escribí y después mandé el mensaje; consideré poner más información, como que ellos tenían la parte faltante del *Tlayolohtli*, o el sitio específico en Tula donde esperaban llegar, pero al

final decidí que ya había tenido mucha suerte al conseguir ese teléfono, no lo iba a echar todo a perder tardándome demasiado.

Justo me acababa de aparecer el anuncio de que el mensaje había sido enviado cuando la puerta se abrió bruscamente, era de nuevo el mismo hombre.

—¿Qué haces con ese teléfono? —me reclamó, estaba furioso.

No le respondí, de ninguna manera lo haría; aunque en ese momento se me ocurrió algo más, arrojé el aparato con todas mis fuerzas contra la pared, al contacto se hizo pedazos, borrando cualquier rastro de lo que había hecho.

—¡Bruja! —siseó él, sujetándome del cuello—. ¿A quién llamaste?

—A nadie —musité, me estaba quedando sin aire rápidamente.

—Mentirosa —me acusó él al tiempo que me arrojaba contra la silla.

La silla de plástico se rompió al caerle mi peso tan bruscamente y yo caí entre los restos, un dolor extendiéndose sobre mi espalda, un hombro y el brazo sobre el que había caído, era horrible.

—Tonta —continuó hablando aquel hombre mientras se acercaba a mí—. ¿Tienes idea de lo que acabas de hacer?

Por un momento no pude evitar preguntarme si yo tenía más miedo de él, o él de su jefe; definitivamente, quien quiera que aquel hombre fuera, no iba a agradarle saber que había alertado a alguien de mi situación.

Sin embargo, la alegría ante esa pequeña victoria no me duró mucho, el dolor pronto se convirtió en lo único en lo que podía pensar y sólo pude desear perder la consciencia para no tener que seguir sintiéndolo. Se me concedió mi deseo.

## Capítulo 6

# Traición

Desperté un número de ocasiones más; las primeras veces fue sentada en la parte trasera de una camioneta; más adelante, recostada en un rincón de alguna habitación desconocida, mis ataduras impidiendo cualquier movimiento. En ninguno de esos momentos logré mantenerme más que unos segundos despierta, pues ya fuera porque estaba demasiado agotada, o por un golpe más, volvía a perder la consciencia.

Cuando finalmente pude estar consciente por más de treinta segundos me sorprendió descubrir que ya no me encontraba en una camioneta, ni en una habitación pequeña y oscura en algún lugar desconocido. Más bien estaba sentada en el suelo de tierra, frente a lo que parecía una plataforma de piedra, o los restos de una; y en la parte que quedaba más alejada de mí se alzaban grandes estructuras de piedra.

—Los atlantes… —no me di cuenta que había hablado en voz alta hasta que escuché a alguien contestar.

—Así que la bruja hizo su tarea —comentó la voz con burla.

Empezaba a cansarme la manera en que esos hombres se referían a mí, pero no era como que pudiera hacerlos cambiar de opinión.

—Así que, dulzura, ¿nos dirás por fin dónde están los tesoros o tendré que ser más persuasivo? —dijo él sugestivamente.

Asqueroso, y como si no fuera bastante desagradable que me llamara bruja, ahora me llamaba algo todavía peor.

—Se lo dije a quienquiera que me lo preguntó la primera vez y lo repito: no lo sé —respondí, intentando aparentar ser sumisa, pero sin poder contener la molestia que sentía por su actitud prepotente.

—Ah, así que aún te queda algo de espíritu —declaró él, parecía resultarle chistoso—. Ya veremos si sigues así después de que veas al jefe.

—¿Así que no eres tú quien está al mando? —No supe de dónde salió aquella súbita fuerza de voluntad, ni qué me instó a provocarlo, sólo lo hice—. Debí suponerlo, ni toda tu actitud de superioridad puede cubrir la cara de idiota que tienes.

Me golpeó en el estómago, dejándome sin aire, pero no permití que sonido alguno saliera de mis labios; mientras fuera posible, no permitiría que notaran mi debilidad.

—No la golpees —escuché a otro que habló desde una distancia—. Tú también escuchaste las órdenes del jefe, ella debe seguir en buenas condiciones, al menos hasta que su compañero llegue... entonces nos podremos deshacer de ambos.

De nuevo el mismo escalofrío me invadió, suprimí un temblor en mi cuerpo.

—¿Oíste dulzura? —preguntó el hombre con sorna—. El tiempo se te acaba. Pronto tendremos los objetos que el jefe quiere en nuestro poder, tu amigo estará muerto, y tú... bueno, no querrás saber.

No pude suprimir el leve temblor entonces.

El hombre me levantó a la fuerza, para luego arrastrarme hasta un gran árbol que estaba en los límites del valle.

—Espero que te portes bien mientras el jefe llega —declaró al tiempo que aseguraba las cadenas de manera que no pudiera separarme del árbol.

No le respondí, sólo intenté con todas mis fuerzas zafarme las cadenas; pero resultó imposible, estaban demasiado apretadas, lo único que conseguí fue lastimarme las muñecas y cansarme los brazos.

Estuve lo que parecieron horas haciendo todo tipo de planes, cada uno más loco que el anterior; al final ninguno me gustó.

En cierto momento noté un cambio a mi alrededor. Me percaté de que todos los hombres se detenían sin importar lo que estuvieran haciendo para dirigir su atención y sus respetos a un hombre que acababa de llegar, escoltado por cuatro más. A diferencia de los individuos que estuvieran ahí antes, e incluso de los que lo rodeaban, el recién llegado vestía de traje elegante, aunque igual de oscuro que la ropa de los demás; sin embargo, era evidente para cualquiera en la manera en que se sostenía, en que se movía, que él se consideraba muy por encima de todos los demás. Ese era el líder.

—Así que esta es nuestra joven prisionera —comentó él mientras me analizaba de arriba a abajo.

—Es una de las brujas, Señor —le informó uno de los hombres desde cierta distancia.

—Así que eso eres, una *Yaocihuatl* —declaró, y pude notar que él sí comprendía el significado de aquella palabra—. ¿Cuál es tu nombre?

—Xochiyao —Entre más veces lo pronunciaba más a gusto me sentía con ese nombre.

—La Flor Guerrera, un nombre poderoso —comentó él, mirándome con atención—. Me pregunto si realmente haces honor a él.

En otro momento hubiera replicado a eso con un: «¿Por qué no lo averiguamos?». Pero había algo en él, en su persona, que me impedía pensar claramente estando en su presencia, y mucho menos replicar.

—Mis hombres me dicen que no tuvieron gran problema para capturarte, aunque sí les causaste dificultades en el camino; conseguiste incluso mandar un mensaje a alguien —siguió diciendo él, una sonrisa asomando sus labios, como si le pareciera gracioso—. Pero eso no es importante ahora, no importa lo que le hayas contado a tu compañero, o a quien sea, porque eso no cambia tu situación.

El silencio reinó por unos momentos, hasta que de pronto me pareció notar un brillo extraño en sus ojos.

—Tienes los ojos azules… —declaró él.

Ahí íbamos otra vez…

—¿Jefe? —preguntó uno de los hombres que se encontraba cerca.

El líder se me acercó tanto que me sentí incómoda, quedé completamente pegada al árbol detrás de mí en un intento por alejarme, aunque fuera sólo un poco, de él, pero era simplemente imposible. Teniéndolo ahí, tan cerca, me invadía una sensación horrible, casi sentía como si una serpiente se enrollara alrededor mío, asfixiándome poco a poco.

—¡Ustedes dijeron que ella era una de ellos! —bramó el líder de pronto, girándose violentamente hacia los otros.

—Eso fue lo que ella dijo —declaró uno.

—Nos dio un nombre extraño, como los que todos ellos tienen —agregó otro.

—Y se llamó a sí misma de una forma especial también —recordó uno más—. Dijo que era una *Tlani...Tlapina...*

—*Tlapiani* —corrigió el líder, quien entonces volteó a verme—. Sabía que no podías ser una *Chimalli*; pero tampoco puedes ser una *Tlapiani*, porque ellos no aceptan a nadie que tenga sangre extranjera, y tus ojos te delatan.

—Soy una *Tlapiani* —conseguí mascullar, me molestaba que dudaran de lo que había dicho sólo basándose en el color de mis ojos, igual que me molestó cuando Tlilmiztli me explicó por qué era tan significativo eso.

—Así que tenemos aquí a una mujer que se dice *Tlapiani*, usa un nombre del otro mundo, y sin embargo es evidente que no es una de ellos... —dijo el líder, sonando muy analítico—. ¿Qué eres entonces?

No le contesté, pero él no parecía esperar a que lo hiciera porque siguió hablando.

—Tú eres descendiente de uno de ellos, ¿no es así? De un miembro del *Temalacatl*. Pero no eres su Heredera —dedujo él—. Tienes la voluntad, el ímpetu, para estar envuelta en esto, pero no te dieron la oportunidad. No hay manera de que hayan podido hacerlo, si hay algo que esa gente adora son sus reglas, y éstas nunca les hubieran permitido dejarle su puesto a alguien como tú... o como yo.

Entonces lo comprendí, pretendía ponerse en mi lugar, o al menos fingir hacerlo, lo cual significaba que esperaba conseguir algo de mí; debía andarme con cuidado.

—Tú y yo somos muy parecidos, ¿sabes? —dijo él.

—Yo no me parezco a ti para nada. —No sé de dónde saqué el valor para replicar finalmente—. Yo no sigo la muerte, ni la busco tampoco, no ataco inocentes por un deseo egoísta de cambiar lo que ya fue decidido por otros.

—¿Y por qué fueron ellos los que decidieron? —me preguntó él de pronto—. ¿Qué los hace a ellos mejores qué tú, que yo, que cualquier otra persona? Aquellos que tomaron esas decisiones, que tenían un puesto en el *Temalacatl*, no fue porque se lo ganaran, tan sólo fue suerte. ¿Quién dice que merecían ese lugar, ese voto, más que cualquiera de nosotros?

No pude evitarlo, esas palabras me hicieron pensar.

—¿Quién dice que la decisión que ellos tomaron es mejor que la que otros pudimos tomar? —siguió diciendo él—. Ellos, que se rigen por racismos peores que los de los norteamericanos de nuestro mundo en la época en que los esclavos aún existían. Ellos, que ponen su orgullo por encima del cariño y la amistad, y a veces hasta del sentido común. Si acaso eso los hace ser menos humanos que nosotros, ¿no lo crees?

Detestaba admitirlo pero él estaba manejando un muy buen punto, uno que yo misma ya le había planteado a Tlilmiztli. Pero eso no cambiaba el pasado.

—¿Y qué hay de la muerte? —le pregunté yo—. Sé lo que *Mictlantecuhtli* significa, los Señores de la Muerte. Yo jamás apoyaría algo semejante.

—Te han dicho el nombre con el que ellos se refieren a nosotros —puntualizó él—. Ellos, que me discriminaron a mí por mi cabello rubio, heredado de un abuelo al que nunca conocí. Fui castigado, limitado, por algo sobre lo cual yo no tenía control alguno. Y sé que ese debió ser también tu caso, así como lo ha sido de todos mis hombres, todos víctimas de la discriminación. Señores de la Muerte nos han llamado, los que buscan la muerte y la idolatran; yo no la busco, ninguno de nosotros lo hace, pero no tememos otorgarla cuando se trata de defendernos a nosotros mismos, y a nuestros hermanos; no la idolatramos, pero tampoco le tememos, la muerte es tan natural como la vida misma.

"Hermanos", eso fue quizás lo que más me llegó, el más grande contraste con respecto a lo que Tlilmiztli me dijera, la fuerte oposición que todos los *Yaotecatl* tenían contra las relaciones, contra aquello que pudiera distraerlos de su deber.

—¿Qué hay de las mujeres muertas? ¿Las mensajeras? —le pregunté de súbito—. Tú y los tuyos iban tras ellas, y ahora están muertas.

Y podía recordar a los hombres que intentaron interrogarme antes, hablando de deshacerse de mí, como lo hicieran con las otras.

—Si ellas están muertas, fue por sus propias acciones —intentó asegurarme él—. Es cierto que confrontamos a una de ellas, pero ella se rehusó a darnos respuestas; y cuando insistimos, se arrojó de un acantilado antes de intentar siquiera hablar con nosotros. La otra saltó a una laguna llena de cocodrilos. Nosotros nunca les hicimos daño, ni siquiera llegamos a hablar con la segunda de ellas. Si están muertas ahora es por sus propias acciones, no las nuestras.

Yo no supe qué decir, aún recordaba claramente el momento en que Acoatl brincó de ese puente. Era cierto que no la empujaron, que ella saltó. Pero eso no significaba que no había sucedido antes algo que la obligó a ello; o que la otra mensajera no fue asesinada. ¿Qué garantía tenía yo de que aquel hombre me decía la verdad? Lo cierto es que mi experiencia personal con sus hombres no era la mejor.

—Ellos nos han dado ese nombre porque no nos comprenden —continuó el líder—. Nosotros preferimos no darnos un nombre; después de todo, no somos una entidad única, somos seres humanos, todos diferentes, unidos únicamente por el deseo de conseguir justicia e igualdad para todos —hizo una pausa—. Mi nombre es Ramón, ¿y el tuyo?

—Xochiyao… —Podía convencerme de muchas cosas, pero no de decirle mi nombre.

—Ya veo, supongo que es muy pronto para pedirte que confíes en mí, en nosotros —dijo Ramón, y en verdad sonaba comprensivo—. Pero en verdad creo que tú y yo podríamos llegar muy lejos juntos; si tan sólo pudieras abrir tu mente y darte cuenta del engaño al que te sometió el *Chimalli*.

—¿Cómo sé yo que es él quien me engañó, y no tú quien intenta hacer exactamente eso?

—Es muy simple. ¿Dónde está él ahora? Te dije que sabía que habías usado un teléfono el día de ayer; imagino que lo usaste para comunicarte con el guerrero. ¿Por qué no está él aquí entonces?

Eso realmente me dolió, yo me había estado preguntado eso mismo desde que desperté. Incluso había concentrado todas mis energías en ese nuevo sentido mágico para ver si conseguía sentirlo, pero era inútil. No pude más que bajar la cara.

—Yo sólo intento ofrecerte lo que todos los demás te han negado —dijo Ramón—. La oportunidad de ser tú misma, a la vez que tomas el lugar que te fue negado.

—¿Por qué haces todo esto? —no pude evitar preguntar.

—Te dije que tú y yo nos parecemos mucho —me recordó él—. Mi abuelo era parte del *Temalacatl*. Y mientras todos los demás entrenaban a sus hijos o nietos para que fueran sus herederos, él me negó el derecho, diciendo que porque mi padre había escogido para esposa a la hija de una pareja de franceses, yo no tenía derecho a ser su sucesor. En lugar de eso, escogió a un primo mío, hijo del hijo de su segundo matrimonio. ¡Lo prefirió a él, a un chico que nunca antes había visto, que a mí, que toda mi vida intenté hacer lo mejor posible para complacerlo! Eso fue un golpe muy fuerte para mí, se me negó algo que anhelé toda mi vida, por algo que yo no escogí, mi ascendencia.

No quería admitirlo, pero lo entendía, de lo que hablaba era más o menos lo mismo que yo sentí cuando me enteré que, si no fuera por la intervención de Acoatl, yo nunca hubiera tenido el derecho de verme involucrada en todo el asunto.

—Mi primo, que está paranoico, le teme hasta a su propia sombra, convenció al resto de los miembros del *Temalacatl* que no era una buena idea que ambos mundos estuvieran en una comunicación permanente —declaró él—. ¡Él les lavó el cerebro! Por eso yo estoy aquí, para hacer las cosas como deben ser. Si ambos mundos no estuvieran destinados a comunicarse, no estarían conectados. Además, ¿por qué emisarios del otro mundo pueden ir y venir a su antojo, mientras que a nosotros nos mantienen sometidos? Otra demostración de su sentimiento de superioridad sobre nosotros. ¡Ellos, que ni siquiera son capaces de dominar las más recientes tecnologías porque su orgullo se los impide!

—¿No se te ha ocurrido intentar una salida más diplomática a este asunto? —me atreví a preguntar—. ¿Algo con lo que no tengamos que perder más vidas?

—Ellos mismos han hecho eso algo imposible —sentenció Ramón—. Nos etiquetan como Señores de la Muerte, nos llaman enemigos, nos atacan sin esperar razones; pero tú no eres como ellos; tú comprendes, porque en el fondo, debajo del título de *Tlapiani* y el nombre de Xochiyao, tú eres igual. Quizás con tu ayuda…

—¿Quién dijo que te voy a ayudar? —lo interrumpí—. Tú podrías estar intentando lavarme el cerebro, nada más, esperando el momento en que me descuide y te revele lo que quieres saber, la información que necesitas para que tus hombres puedan destruir a mis amigos.

—Ya te lo dije antes, princesa —dijo él—. Yo no busco destruir, sólo busco equidad. No tienes que decirme nada que no quieras. Ambos sabemos que el guerrero vendrá tarde o temprano; y cuando lo haga, yo sólo espero que con tu ayuda podamos comunicarnos con él. Llegar a un acuerdo pacífico.

Yo lo miré fijamente, todo lo que él decía sonaba tan perfecto… demasiado para ser verdad, especialmente a comparación de lo que había vivido los últimos dos días.

—Me quieres convencer de que tú y tu gente son los buenos —le dije yo, levanté los brazos lo más que pude, haciendo que las cadenas se deslizaran un poco hacia abajo, revelando piel raspada, sangrante y amoratada—. Esto me dice otra cosa.

—Es cierto que mis hombres pudieron ser un poco más corteses —admitió Ramón—. Mis más sinceras disculpas, pero realmente no teníamos idea de con quién tratábamos en ese entonces. Esperábamos a una bruja, no una princesa.

—¿Por qué de pronto me llamas princesa?

—Porque eso es lo que eres, o al menos lo que mereces ser. Una auténtica Heredera, una princesa. Acepta mi oferta; ya te dije que no tienes que decirme nada que no quieras, ni siquiera tu nombre; sólo considera la posibilidad de ayudarme a lograr la equidad que mereces, que todos merecemos.

El silencio se cernió sobre todos, nadie hablaba, ni siquiera sus hombres. A decir verdad, me parecía haber notado que todos habían dejado lo que estuvieran haciendo desde hacía rato, parecían muy interesados en nuestra conversación y la decisión que debía tomar.

—Lo consideraré —admití al fin.

—Eso es suficiente para mí —dijo él satisfecho, luego alzó su mano y ordenó—: Suelten las cadenas. Cúrenle esas heridas, consíganle nuevas ropas y un lugar donde descansar. Debe estar exhausta.

Un hombre de inmediato se me acercó y velozmente soltó los grilletes, me guio después hasta otro que limpió mis muñecas y las vendó hábilmente, también pusieron crema en mis mejillas, mi cuello y el brazo donde tenía moretones por mi golpe con la silla. Otro más me ofreció un cambio de ropa limpia y me señaló un remolque que estaba vacío, donde podría cambiarme y después descansar. Todos me trataban de forma muy respetuosa, llamándome princesa e inclinando la cabeza, yo no podía dejar de pensar que me volvería loca en cualquier momento.

—Descansa, princesa —se despidió Ramón—. Mañana será otro día.

Sin duda así sería. Yo no podía evitar pensar que había cometido una locura al aceptar su oferta, pero no tenía otras opciones, hice lo mejor que pude. Sólo podía rezar y pedir no arrepentirme de ello por la mañana.

Esa noche tuve otro sueño: me encontraba parada en la plataforma frente a los atlantes, vestida de negro, podía ver un puma dando una vuelta a mi alrededor, pero cuando intentaba tocarlo gruñía y me enseñaba los dientes, en el viento me parecía escuchar una voz pronunciando una palabra repetidamente, pero no podía entender cuál era. El puma terminó por alejarse al mismo tiempo que la plataforma quedaba sumida en una inesperada sombra, muy profunda; y justo cuando me disponía a intentar seguir al felino, un resplandor llamó mi atención. A mis espaldas estaba Ramón, con su usual atuendo negro, sostenía su mano derecha estirada hacia mí, como llamándome, y la izquierda la tenía alzada, y el brillo surgía de su mano, de la joya que sostenía en ella, la parte faltante del *Tlayolohtli*. Hice amago entonces de acercarme a él, estirando mi propia mano para tomar la suya, cuando de pronto escuché a alguien llamarme, mi nombre real, con un ahínco que jamás hubiera imaginado posible, y vi una figura, un hombre de pie en el poco espacio de luz que aún había en la distancia.

Y entonces desperté. No tenía la más remota idea de lo que podía significar lo que soñé, pero algo me hacía sentir que, sin importar lo que fuera, no podía ser bueno. Especialmente la primera parte.

El remolque se dividía en dos secciones: una donde había un pequeño sofá, unas sillas y mesa para comer, implementos de cocina y el área del chofer; atrás tenía un pequeño baño y la recámara. Al asomarme a la parte del frente pude ver que alguien había dejado un bulto de ropa para mí; al desdoblarlo me di cuenta que se trataba de un vestido negro que parecía como si consistiera de dos partes: un *bodice* negro sólido, *strapless,* que empezaba con un escote y apenas llegaba a la parte alta de mis muslos; encima de éste una tela translúcida formaba mangas, un cuello alto, y la falda llegaba hasta los tobillos, con excepción de una abertura por el frente de la pierna derecha. A juego con el hermoso vestido iban unos zapatos negros de tacón, odiaba los tacones, pero en mi ya bastante delicada situación no me atrevía a quejarme; tenía suerte de no seguir encadenada a ese árbol.

Me lavé lo mejor que pude, luego me vestí y me puse los zapatos, recogí mi cabello con una sencilla cinta negra en una coleta floja.

Ramón y sus hombres me esperaban afuera, con un sencillo desayuno preparado.

—Muy buenos días, hermosa princesa —me recibió Ramón con una inclinación de cabeza—. Espero que la ropa haya sido de tu agrado.

Yo asentí, tratando de ocultar la mueca ante la idea de que, con esa ropa puesta, parecía realmente una de ellos. Especialmente con la manera en que esos hombres parecían reverenciarme de algún modo.

El desayuno transcurrió rápidamente, y mientras aquellos hombres hacían planes de no-sé-qué, yo decidí subir a la plataforma de piedra para ver los atlantes más de cerca; aquellas grandes estructuras me fascinaron desde la primera vez que las vi, aunque ahora podía admirarlas mejor sin mi dolor de cabeza.

Estaba en eso cuando de pronto una sensación me congeló hasta la sangre; giré tan rápido que casi caí al suelo. Y entonces pude verlo, parado junto al mismo árbol al cual estuviera encadenada yo el día previo.

—Tlilmiztli... —musité.

Me disponía a correr en dirección a él, sin importar el problema que pudieran suponer los tacones; pero entonces me di cuenta de la expresión en su rostro, la incredulidad y el toque de desprecio en sus ojos; me miré a mí misma y de pronto comprendí lo que veía, justo al mismo tiempo que a mi mente llegó aquella palabra que en mis sueños susurrara el viento y que antes no pudiera comprender:

—Traidora...

Eso era lo que era yo en ese momento, una traidora.

No había nada que deseara yo más en ese instante que correr hasta donde se encontraba el *Yaotecatl* y borrar toda sombra de duda sobre mi persona de su mente, pero antes que pudiera siquiera dar un paso otra voz me detuvo:

—Princesa. —Era Ramón, había subido a la plataforma sin que yo me diera cuenta y se encontraba apenas a unos pasos de mí, una mano extendida en mi dirección.

Yo no pude más que voltear a ver a uno y a otro hombre de manera intermitente.

—Así que el guerrero ha llegado —notó Ramón, observando a Tlilmiztli con desdén—. Dime, princesa, ¿has cambiado de opinión?

No podía creer que me diera la opción de marcharme así nada más; pero entonces recordé mi sueño, y me di cuenta que la decisión fue tomada antes de que yo misma fuera consciente de ello.

—Claro que no —mentí, y extendí mi propia mano para tomar la suya.

—Traidora… —aquella voz en el viento que sólo yo podía oír aumentó su volumen, hasta llegar al punto de que prácticamente me taladraba los oídos.

La sonrisa de satisfacción en los labios de Ramón fue evidente, y yo apenas pude evitar encogerme ante el horror que me provocaba.

Por el rabillo del ojo pude ver la expresión de desprecio de Tlilmiztli fortalecerse, apenas por un momento, antes que él desapareciera entre los árboles. De nuevo deseé poder correr hacia él, pero ese fue el momento que escogió Ramón para tomar mi mano, y yo sólo pude ver como todo aquello que idealizara alguna vez se me iba sin que pudiera evitarlo.

Los siguientes días fueron los peores de mi vida. El tener que vivir entre toda esa gente que detestaba desde lo más profundo, teniendo que fingir que los comprendía, que compartía sus puntos de vista. Me sentía fatal, y lo único que me mantenía en pie era el repetirme constantemente que no sería para siempre; el pretender que era como una de las obras de teatro en las que tanto me gustaba participar.

Adoraba el teatro, ser actriz fue mi pasión por gran parte de mi vida; no me interesaba como carrera profesional, pero era un buen *hobby*. Recordé una vez que me tocó hacer el papel de una institutriz fría e impersonal, tan diferente a como yo me veía a mí misma; ese papel se convirtió en mi reto más grande, y lo superé con creces. Recordé los comentarios de algunos compañeros del grupo, de lo diferente que se me veía sobre y debajo del escenario. Me hizo sentir satisfecha, había conseguido convertirme en una actriz, pretender ser alguien que no era; ahora sólo tenía que repetir aquella hazaña, no en el escenario de un teatro sino en la vida real y podría sentirme realmente orgullosa.

Todos los días yo acostumbraba sentarme a la sombra de algún árbol, o de uno de los atlantes, pensando en todo y en nada mientras los Mictlantecuhtli hacían sus planes y labores como acostumbraban. Yo no me involucraba, nunca lo hice, la mera idea de acercarme a ellos más de lo absolutamente indispensable me resultaba insoportable. No podía dejar de desear poder marcharme a voluntad, aunque al mismo tiempo sabía que no podía hacerlo.

Un día en particular me encontraba de nuevo enfajada con aquel vestido negro, a la sombra de un árbol, cuando uno de los hombres se me acercó. Su nombre era Miguel, y era uno de los más jóvenes del grupo, apenas un par de años mayor que yo a lo mucho. Algo que había descubierto durante mi estancia entre ellos es que no todos estaban tan locos como Ramón y los que me secuestraron, la mayoría honestamente creían que eran parte de una cruzada por la justicia y la igualdad; cada vez que pensaba en eso no podía evitar preguntarme si así era como las grandes guerras se habían iniciado, los nazis, los soldados de las guerras santas, y tantos otros, que habían seguido sin cuestionamientos a un hombre y sus ideales. Esta situación no era muy diferente. ¿Sería acaso cierto lo que leyera en alguna ocasión, estaba la humanidad condenada a repetir los mismos errores una y otra vez?

—Princesa, la llama el Señor —me dijo Miguel con una corta reverencia.

"El Señor", así era como lo llamaban sus seguidores, fortaleciendo así mi idea del culto o la secta secreta; a decir verdad, nadie excepto yo pronunciaba su nombre, así como nadie pronunciaba el mío tampoco, al menos no el que les diera, para todos era "Princesa", nada más.

Me levanté y lentamente caminé hasta la gran tienda de campaña donde Ramón acostumbraba pasar la mayor parte del día, entre reuniones con sus hombres, su trabajo personal, y su tiempo de descanso. Era un hecho también que sus altos mandos y yo comíamos al menos una vez al día con él. La comida de ese día ya había pasado, no faltaba mucho para la cena, lo sabía únicamente por el cambio en los colores del cielo, siendo que no tenía reloj.

—Bienvenida a mi humilde morada, princesa —él siempre me recibía con esa misma frase cuando me mandaba llamar, y se había vuelto cansado.

—¿Me mandó llamar, Señor? —siendo que él no se preocupaba por ser original en lo más mínimo al momento de hablarme yo tampoco lo hacía, siempre respondiendo a su usual y monótona frase con las mismas palabras que eran más una declaración que una pregunta.

—Claro que sí, hay algo que quiero mostrarte —me dijo él—. La prueba más grande de la confianza que te tengo princesa. Esto es algo que todos mis hombres saben que está en mi poder, pero ninguno ha visto con sus propios ojos.

—Me honra que confíe en mí de esta manera, Señor —repliqué, apenas sí pude contener mi reacción instintiva, que hubiera sido la de torcer los ojos, tanta faramalla y protocolo resultaban extremadamente monótonos después de un par de veces.

Cerré los ojos unos momentos para respirar hondo y asegurarme que estaba bajo control, no podía permitir que mi máscara cayera, él debía seguir creyendo que yo lo seguía como el resto de sus fieles seguidores, algunos de los cuales ya empezaba a considerar más como perros de pelea que seres humanos.

Cuando abrí los ojos tuve que contener la respiración, y me costó toda mi fuerza de voluntad no perder el agarre que tenía en mi máscara; Ramón acababa de abrir frente a mí una caja de metal con un sistema de seguridad aparentemente muy complejo, dentro de la cual, sobre un cojín negro de terciopelo, estaba un pedazo de gema que yo podía reconocer pese a sólo haberla visto dos veces, una de ellas en un sueño; se trataba de una mitad del *Tlayolohtli*, la mitad faltante... la razón por la que yo decidiera quedarme con Ramón.

—Hermoso, ¿verdad? —inquirió él.

—¿Qué es? —había quedado tan fascinada, que casi olvidé mi plan.

—No necesitas fingir conmigo, debes saber ya de qué se trata —declaró Ramón—. Es la segunda mitad del Corazón de la Tierra, *Tlayolohtli* es como lo llaman los del otro mundo. Debes saber algo, siendo que quien tiene la otra mitad sospecho es la misma persona que te puso el nombre que has escogido llevar.

Yo sólo bajé la cara un poco, no atreviéndome a negar algo que él sabía era verdad, pero al mismo tiempo resistiéndome a soltarle más información.

—Sabes que tú eres la única razón por la que no di la orden a mis hombres de atacarlo en el momento en que puso pie en nuestro territorio, princesa —me recordó él—. No quería verte angustiada por su causa, porque no vale la pena. Tenemos muchas cosas que pensar, que planear, como para perder el tiempo en algo tan irrelevante como un *Chimalli* solitario.

En otras palabras, sólo lo ignoró porque esperaba todavía que yo lo ayudara, pero eso podía cambiar en cualquier momento. Era una amenaza disfrazada de apoyo, igual que todas las palabras que pronunció desde que nos vimos cara a cara la primera vez, cuando yo aún estaba encadenada a aquel árbol. Y pensar que al principio estuve a punto de tragarme sus cuentos…

—Así que, princesa… —de pronto la voz de Ramón sonó mucho más seria, jamás lo escuché así—. Es hora de que tomes una decisión definitiva. ¿Estarás a mi lado, como mi igual, honrada y reverenciada por mis hombres como su princesa?; ¿o en mi contra, odiada y rechazada por las únicas personas que aún te aceptamos?

Lo estaba haciendo otra vez, atacando mis debilidades; lo deprimida que me puse cuando Tlilmiztli no me salvó, cuando su ausencia me forzó a meterme en una situación que antes jamás no hubiera considerado ni en mis peores pesadillas.

—¿Cómo sé que si me opongo o vacilo no verás conveniente dar la orden a tus hombres de deshacerte de mí, o incluso hacerlo tú mismo? —pregunté. Era algo que en verdad temía, no porque le temiera a la muerte, aunque ciertamente no la deseaba, sino porque lo que menos quería era dejar este mundo sin la oportunidad de aclarar algunas cosas con ciertas personas.

—Desde luego que no —dijo él, intentando sonar ofendido, pero aún podía notar la tensión en su voz—. Pero debes entender, princesa, que mis hombres esperan una prueba de que realmente tú eres la respuesta a sus plegarias, que el respeto que te tienen es debido y no un capricho.

—Lo sé, es sólo que… no lo sé, me cuesta aceptar que todo lo que creí real está ahora tan lejos de serlo… —Fui lo más sincera posible, tan sólo evitando decirle que yo aún deseaba esa realidad que en ese momento no tenía.

—Entonces, princesa, ¿qué decides? —me presionó.

Lo supe en ese momento, era entonces o nunca. Si le permitía que siguiera manipulándome un día, un minuto más, nunca saldría de ese círculo vicioso; había tenido una idea en mente cuando decidí quedarme, aún sin un plan, entendía que tenía una buena razón para estar allí, ahora ya no tenía más tiempo para hacer planes, fueran buenos o malos, lo único que podía hacer era actuar y pedirle a quien estuviera cuidándome desde arriba que pudiera salir viva de lo que venía.

—Mi decisión siempre ha sido la misma Ramón. —Sus pupilas se dilataron un poco, se daba cuenta que algo no le estaba saliendo como había planeado—. Jamás seré una princesa de la muerte, ni de nadie que la siga. ¡Mi nombre es Xochiyao! Y esta es mi despedida…

Apenas dije eso, me moví tan rápido como pude, prácticamente arrancando la pieza del corazón de su elegante cojín y hacia mí al mismo tiempo que pateaba la mesa en dirección a Ramón con toda la fuerza de que era capaz. Después, aprovechando la momentánea distracción me levanté de mi propia silla y salí corriendo de la tienda a todo lo que daban mis pies.

Apenas había cruzado los primeros árboles cuando escuché a Ramón gritando las órdenes a sus hombres, que me siguieran, que me capturaran y recuperaran el tesoro que les robé. Ya no era más una princesa para ellos, era una traidora. Aquello me resultó irónico, ¿sería que acaso todos me llegarían a considerar traidora? Primero Tlilmiztli, ahora los *Mictlantecuhtli*, aunque francamente me importaba poco lo que estos últimos pudieran pensar; me preocupaba Tlilmiztli.

Decidí dejar esos pensamientos para después cuando la distracción me costó un tropiezo con una raíz que no noté y caí duramente al suelo de tierra. Al levantarme estaba segura que tenía un tobillo torcido, así como raspones en brazos y piernas, la fina tela de la capa superior del vestido estaba rasgada en muchas partes, pero eso era lo que menos me importaba. Sólo pateé los tacones que me dificultaban aún más correr, me aseguré de tener la mitad del *Tlayolohtli* aún en mis manos y eché a correr otra vez.

Eventualmente empecé a escuchar balazos, cada uno más cerca; si no encontraba una solución pronto, ya fuera un lugar donde esconderme o un medio de escape, no saldría con vida de esa, lo sabía.

Intenté esconderme detrás de un árbol, usando en mi favor la creciente oscuridad que la noche me proporcionaba, pero no fue suficiente. Tuve que morder mi labio con fuerza para ahogar el grito de dolor cuando una bala me hirió en un brazo; no era grave en realidad, apenas un rozón, pero dolía horrores. En ese momento no pude evitar preguntarme si Ramón me mintió cuando dijo que ellos no mataron a la *Tlitlanecuilli*, o si acaso sería que no tenía tanto control sobre sus hombres como él mismo creía. Era imposible saberlo con certeza, y no era como que pudiera detenerme a preguntar.

Estaba a punto de darme por vencida, cuando de pronto me pareció escuchar una voz, alguien gritando mi nombre, no el que me diera Tlilmiztli sino mi verdadero nombre. Y en un instante lo tuve claro: el final de mi sueño, cuando aquella prueba comenzaba, alguien todavía creía en mí, y esa persona estaba ahí, esperándome...

—¡Dan! —exclamé, con una mezcla de *shock*, alivio y absoluta alegría.

Pude verlo entonces, tras el volante de un carro gris que esperaba en el camino de tierra apenas unos metros delante de mí.

La puerta de la parte trasera estaba abierta, y yo no necesité más invitación que esa. Corrí a todo lo que daban mis cansadas piernas y prácticamente me arrojé al asiento trasero del auto. Dan ni siquiera esperó a que la puerta cerrara para meter el acelerador hasta el fondo y girar el volante bruscamente para sacarnos de ahí.

Un suspiro salió de mis labios, por primera vez en una semana podía relajarme, sobreviví a la prueba más grande de mi vida, y hasta tenía un lindo regalo: la gema que aún acunaba contra mi pecho. Lo había conseguido, podía sentirme orgullosa…

# Capítulo 7

# Elecciones

Respiré hondo varias veces, mis músculos dolían, las heridas me ardían, pero yo sólo podía pensar que había conseguido mi propósito y eso era suficiente para sentirme absolutamente feliz en ese momento.

—¿Te encuentras bien? —escuché a Dan preguntar desde detrás del volante.

Había pasado ya media hora desde nuestra "loca huida", y una vez que estuvo seguro que nadie nos seguía empezó a conducir con más cuidado.

—Sí —respondí, luego suspiré de nuevo—. Dan, no tengo manera de expresarte lo feliz que estoy de verte en este momento. Si no fuera por ti, no creo que hubiera logrado salir con vida de esa.

—¿Para qué están los amigos? —respondió él, y a través del espejo pude ver su usual sonrisa, esa que me hiciera sonreír a mí también por tantos años, y me di cuenta que aún con el distanciamiento su efecto seguía siendo exactamente el mismo.

—¿Cómo fue que llegaste ahí de todos modos? —me atreví a preguntar.

—¿Quién crees que trajo a tu amigo hasta acá? —preguntó él a la vez que hacía un vago ademán hacia la persona en el asiento del copiloto.

Se trataba ni más ni menos que de Tlilmiztli, me sorprendí al darme cuenta que no había notado su presencia hasta ese momento, estuve demasiado concentrada en Dan y en el hecho de que me rescató.

—Encontré las cosas que me dejaste con Carly —me informó Dan—. Fui a tu casa a buscarte, siendo que quedamos para comer. Imagina mi sorpresa cuando no sólo no te encontré, sino que me di con este loco en tu casa. Pensé lo peor de inmediato, y resultó que lo peor no estaba muy lejos de la realidad. Cuando él me dijo que te marchaste enojada, de inmediato deduje que fuiste a la chocolatería, así que allá me dirigí. Carly confirmó mis sospechas en cuanto me dijo que te vio tan solo unas horas antes, pero cuando me dio la bolsa volví a preocuparme, no entendía qué pudo hacerte dejar atrás tus llaves, celular y cartera. Así que regresé a tu casa y estuve fastidiando a "tu amigo" hasta que me habló de esos hombres, los "Señores de la Muerte". Estuvimos toda la noche buscándote, y al día siguiente también; nada, no encontramos ni un rastro tuyo. Justo cuando creí que me volvería loco, sonó tu celular. Por un momento temí que fuera tu madre, no quería tener que ser yo quien le explicara que su hija estaba desaparecida, muy probablemente secuestrada; pero resultó ser tu mensaje. Le pedí el auto a mi padre y salimos para acá de inmediato. Tu amigo insistió en ir él solo, diciendo que no debía entrometerme, regresó una hora después para decir que te habías cambiado de bando y lo mejor era marcharnos antes que tus nuevos amigos nos encontraran. Ahí sí lo golpeé. De ninguna manera te iba a dejar. Es decir, no tengo idea qué es lo que está sucediendo, quiénes eran esos tipos, o éste, o qué tienes que ver tú con todo ello; pero sí sé que de ninguna manera ibas tú a desaparecer un día habiendo dejado atrás todo lo que te conecta a tu vida, para reaparecer dos días después a favor de los que te arrancaron de tu hogar. Tú no eres así.

Entonces me di cuenta que, sin importar cuánto tiempo pasara, o cuánto nos distanciáramos, él siempre sería una de las personas que mejor me conocía, siempre sería mi mejor amigo. No pude evitar sonreír, era increíble sentir que después de lo loca que había estado mi vida aún tenía algo constante a que sujetarme, y ese era Dan. Hubiera seguido así si una punzada de dolor no me hubiera hecho casi gritar en ese preciso momento, me di cuenta entonces que había presionado sin querer mi brazo herido contra el asiento del auto.

—¿Segura que estás bien? —preguntó Dan, muy preocupado.

—Estoy herida, lo admito, pero no es nada de vida o muerte —le aseguré.

—¿Qué tan herida estás? —insistió él.

—Rozón de bala en un brazo, un tobillo torcido, un dolor de espalda que tiene ya casi una semana, y demasiados moretones y raspones para contarse —lamenté—. La mayoría de estos últimos son también de hace casi una semana, cuando recién me secuestraron.

—¿Qué te hicieron? —Ahora estaba molesto.

—¿Pues recuerdas ese mensaje que llegó a mi celular? —inquirí—. Lo mandé del teléfono que uno de los secuestradores olvidó en el cuarto donde me tenían en un descanso que hicimos antes de llegar a Tula. Volvió a entrar justo cuando lo había enviado y para asegurarme que no podría recuperar el número tiré el teléfono contra la pared. A él le molestó lo que hice y me arrojó contra una silla de plástico. Ahí fue cuando me lastimé la espalda y un hombro. La mayoría de los moretones y raspones son también de esos primeros dos días.

—¿La herida de bala y el tobillo torcido? —preguntó Dan.

—De cuando estaba huyendo —respondí—. Es una mala, muy mala idea correr con tacones, así como intentar esconderte cuando tienes hombres con pistolas tras de ti. Fue una suerte que estuvieras ahí justo en ese momento, un poco más y me hubieran capturado.

—No era como que estuvieras sufriendo mucho antes… —me pareció escuchar a Tlilmiztli mascullar.

—¡¿Qué?! —Eso me hizo explotar, me enderecé bruscamente en el asiento, ignorando mis heridas—. ¿Eso es lo que piensas de mí? ¿Que soy una maldita traidora? ¡Maldición, Tlilmiztli! ¡Todo esto lo hice por ti, por ti y tu odiosa misión!

Dejé caer en sus manos la pieza del *Tlayolohtli* que estuve acunando en mis brazos hasta entonces; pude ver cómo sus ojos se desorbitaban por un instante, todo su bien calculado control desmoronándose en un instante.

—¿Qué es eso? —preguntó Dan, echándole un ojo a la joya en manos de Tlilmiztli.

—La razón por la que acabo de pasar la peor semana de mi vida —masculé y volteé a ver a Tlilmiztli, con furia en mis ojos—. Espero estés feliz, la misión está concluida, ahora podrás marcharte y dejarme seguir con mi vida; ¡y dejar de pensar que soy una maldita traidora simplemente porque estuve dispuesta a hacer lo que fuera necesario para ayudarte como prometí que lo haría!

No pude contener más mi dolor entonces y me volví a dejar caer en el asiento.

—Pero dime… —Dan intentó distraerme—. ¿Qué ocurrió contigo? ¿Cómo viniste a dar hasta Tula? ¿Y qué hay con la ropa?

—Me di cuenta que aquellos hombres me habían encontrado justo antes de entrar a La Casa del Chocolate —comencé a contarle a Dan—. Sabía que no tenía manera de huir de ellos, y al mismo tiempo no quería que inocentes terminaran involucrados en el asunto. Le dije a Carly que irías a buscarme y metí en la bolsa todo lo que pudiera ser usado para rastrearme, a mi familia o a mis amigos. Después salí de ahí y los guie hasta una calle vacía donde me forzaron dentro de una camioneta. Les di el nombre que Tlilmiztli me dio, dije que era una *Tlapiani*, una guardiana, y me negué a darles más información. Pasé gran parte de los siguientes dos días inconsciente. Aunque fue en uno de los momentos en que estuve despierta cuando escuché a dónde íbamos y conseguí mandar aquel mensaje.

Dan se estaba tensionando, era obvio que le preocupaba todo por lo que tuve que pasar, pero también sabía que de nada serviría intentar ocultarle la verdad, él merecía que fuera sincera con él después de todo lo que había hecho por mí.

—Lo siguiente que recuerdo es cuando desperté en Tula —continué —. Me encadenaron a un árbol, frente a la plataforma con los atlantes. Ahí fue cuando conocí a Ramón, el líder de aquellos hombres. Él se dio cuenta que yo había mentido en algunas cosas, y que estaba protegiendo a Tlilmiztli y los otros tesoros. Intentó convencerme de que él y yo éramos iguales, que debía pasarme de su lado porque él y sus hombres eran los únicos que me entenderían, los únicos que me aceptarían. Yo traté de seguir desafiante, pero era muy difícil, tan difícil. —Suspiré a la vez que dirigí mis ojos a Tlilmiztli—. Esperaba que llegaras, rogaba al cielo por que aparecieras y me sacaras de aquella pesadilla; pero no lo hiciste, no llegaste, y yo me estaba quedando sin opciones.

—Así que elegiste ponerte de su parte —se quejó Tlilmiztli.

—¡Escogí salvar mi vida! —grité.

—Pudiste haberlos dejado cuando fui a buscarte —me recordó él—. Yo te hubiera protegido de ellos, sin importar cuantos fueran.

—No podía hacerlo, no sólo porque te estaría poniendo en peligro —puntualicé —. Sino porque sabía que él tenía la parte faltante del *Tlayolohtli*, uno de los *Mictlantecuhtli* lo mencionó, y además lo vi en mis sueños. Fuiste tú mismo quien dijo que tenía sueños premonitorios, pues bien, así fue. Por eso sabía que no podía irme, tenía que quedarme con él, tenía que hacerle creer que en verdad estaba de su parte, al menos hasta que bajara la guardia lo suficiente para que pudiera quitarle el tesoro —gemí un poco por el dolor, pero no dejé de hablar, tenía que hacerles entender, en especial a Tlilmiztli—. Y eso fue exactamente lo que sucedió esta noche. Empezó a presionarme, a insistirme que le fuera leal a él y a su causa; me mostró la mitad del Corazón que él guardaba, dijo que era una muestra de confianza, yo sé que sólo intentaba retarme. Entonces supe que no podía seguir fingiendo por más tiempo. Tomé la joya, lo pateé y corrí tan rápido como pude; no sabía si conseguiría llegar a alguna parte con mi pésima condición física, ni siquiera si lograría esconder el *Tlayolohtli* en alguna parte antes de que me capturaran de nuevo, pero sabía que tenía que intentarlo. —Suspiré y sonreí—. Y corrí con suerte, porque alguien estaba ahí esperándome. Dan, jamás imaginé que serías tú quien me salvaría. Jamás podré terminar de agradecerte, te debo mi vida.

—Ya te dije, que para eso estamos los amigos —me aseguró Dan, extendiendo una mano hacia atrás para tomar la mía, sólo un momento.

—Gracias de todas formas —le insistí.

—Duerme un poco —me dijo él—. Pararemos en un motel en unas horas y ahí podremos atenderte las heridas antes de seguir rumbo a casa.

Yo asentí, los ojos ya entrecerrados. En verdad estaba cansada, había sido un día muy difícil, una semana muy difícil, sólo quería dormir.

Desperté un par de ocasiones. Primero, cuando nos detuvimos en el motel, tuve oportunidad de bañarme, Dan me había conseguido un cambio de ropa que me quedaba algo grande, pero mucho más cómoda que los restos del odioso vestido negro; así mismo, entre él y Tlilmiztli trataron mis heridas. La segunda vez fue cuando Dan se detuvo a poner gasolina, me dijo que llegaríamos unas horas después, yo asentí y volví a quedarme dormida apenas unos minutos más tarde.

La siguiente vez que desperté fue en mi propia cama, y viendo a mi madre sentada en una silla al pie de ésta… eso funcionó mejor que un balde de agua helada, me enderecé en el colchón rápidamente. El movimiento fue tan brusco que una punzada de dolor recorrió mi brazo, el cual me sujeté instintivamente.

—Con cuidado… —me dijo mi madre en tono sereno al tiempo que se sentaba en la cama, muy cerca de mí—. Cambié tu vendaje, pude ver que la herida no es grave, pero incluso así debes tener cuidado cuando te muevas para dejar que cicatrice correctamente.

Estaba sin palabras. Después de todo lo que había sucedido, lo cual ya era bastante increíble, jamás me hubiera imaginado a mi madre sentada junto a mí, hablándome de mis heridas como si estuviera enterada de todo.

—Ehm… mamá… —No tenía ni idea de cómo manejar esa situación—. ¿Qué haces aquí?

—Pues ayudándote, tontita, ¿qué parece? —preguntó ella.

Iba a decir algo más cuando empecé a toser, mi madre de inmediato me ofreció un vaso de agua y fue hasta que lo vacié en dos grandes tragos que me di cuenta cuánta sed tenía, y hambre también, no había comido nada desde el mediodía del día previo.

—¿Pero cómo sabías tú que yo… que…? —Ni siquiera sabía cómo formular las preguntas, no tenía idea de cuánto sabía ella, y siendo que yo no debía decirle nada a nadie…

—Soy tu madre —me dijo como si eso hiciese todo muy obvio, y al ver que no era así agregó—: ¿En verdad creíste que podrías involucrarte en una situación tan complicada y peligrosa y yo no me iba a enterar?

—¿Lo sabes todo entonces? —le pregunté.

—No, no todo; si bien no soy tonta, tampoco soy adivina. Sé que estás involucrada en algo importante y secreto, lo mismo que tu amigo de ojos negros; también sé que de alguna forma Dan terminó envuelto en el asunto, aunque no estoy completamente segura de cómo ocurrió eso. No presumo de entenderlo todo, porque no lo hago, pero no se necesitaba ser un genio para saber que había cosas en las que la abuela estaba involucrada de las que nunca nos habló. Cuando ella nos dijo que te dejaría a ti la casa fue una gran sorpresa, la única razón que nos dio fue que ustedes dos tenían más en común que lo que cualquiera nos pudiéramos imaginar. Estas últimas semanas, cuando dijiste que te quedarías en esta casa, empezaste a investigar tanto de las culturas prehispánicas, y tu viaje a El Tajín… supe que algo estaba sucediendo, algo relacionado con lo que sea que tienes en común con la abuela.

—Oh mamá… —Me abracé a ella, necesitando alguna clase de apoyo, de consuelo después de lo que había pasado la última semana—. Si tan sólo supieras… Hay tantas cosas que han sucedido, tantas cosas que quisiera contarte…

—Pero no puedes hacerlo. Lo comprendo, cariño, en verdad —me aseguró ella—. La abuela nos dijo que era muy probable que este día llegaría, en que tú te involucrarías en eventos de gran importancia, que deberías mantener en secreto y nosotros no debíamos presionarte o intentar detenerte. Siempre he confiado en la abuela, y no dejaré de hacerlo ahora; sólo te pido que en lo que sea que estás involucrada, que tengas cuidado. No quiero perder a una de mis hijas.

—No me perderás mamá, te lo aseguro —le dije yo, intentando recuperar la compostura—. Lo peor pasó ya.

Lo peor… ella nunca sabría qué había sido lo peor, bastante difícil había sido ver la cara de Dan al saberlo él, jamás soportaría ver la expresión de mi madre si se enterara; además, no era como que pudiera explicarle por qué un grupo de locos que parecían parte de alguna secta satánica me habían secuestrado, intentado que me cambiara a su bando, y finalmente trataron de asesinarme cuando conseguí escaparme, llevando conmigo un tesoro que ellos robaron.

—Gracias por estar aquí mamá —le dije con toda la sinceridad posible—. Sé que hay cosas que no entiendes, y que no te puedo explicar, pero me hace muy feliz tener tu apoyo y comprensión en este momento.

—Soy tu mamá, cariño, siempre estaré aquí para ti —me aseguró ella—. Sé que a veces puede no parecerlo, pero yo sólo espero que hagas tu vida, que salgas adelante por ti misma; eso no significa que no vaya a estar aquí cuando me necesites.

—Lo sé, y te lo agradezco —le dije, no pude evitar el brillo que apareció en mis ojos súbitamente—. Por cierto, creo que en las últimas semanas he cumplido con la cuenta de "algo por la humanidad" de un año entero.

—¡Je! —mi madre se burló—. No vayas tan rápido cielito, no es tan fácil.

—¿Seis meses? —sugerí, intentando aparentar ser tan inocente como fuera posible.

Ninguna de los dos pudimos contener las carcajadas entonces. Y de pronto el horror, nerviosismo, duda y miedo de los últimos días se borró; y lo único que quedó fue la alegría de estar de vuelta en casa, y poder decir: «Misión Cumplida».

Al día siguiente me encontraba sentada en un mueble de la pequeña salita; mi pie vendado sobre un cojín, en mis manos una taza de chocolate caliente que acompañaba con unas galletas que me dejó mi madre antes de marcharse. A decir verdad, la única razón por la que seguía en esa casa era porque Dan había prometido que no me quitaría los ojos de encima hasta que estuviera seguro que podía dar más de cinco pasos sin cojear o caerme. Y lo estaba cumpliendo. En ese momento se encontraba sentado en un sofá del otro lado de la sala, sus ojos fijos en mí, casi como si esperara que hubiera problemas en cualquier momento.

—Puedes relajarte, Dan —le dije yo con una sonrisa serena—. No voy a caerme muerta en cualquier momento. La peor herida que tuve fue el rozón de bala, y tú mismo escuchaste a mi madre, todo va bien; tengo rápida cicatrización.

—Eso no cambia el hecho de que estuviste herida —puntualizó él—. Eso nunca debió haber pasado en primer lugar. El loco ese debió protegerte mejor.

—Dan, sabía en lo que me metía cuando me involucré en este asunto, y su nombre es Tlilmiztli, no loco —le expliqué.

—En serio, ¿sabías que terminarías secuestrada, herida y casi muerta? —interrogó él con un tono de reproche.

—No, obviamente no, no es como que haya estado en esa situación por voluntad propia —me quejé—. Yo sabía que era peligroso y aun así decidí ayudar.

—¿Por qué? —Él parecía realmente interesado.

—Porque alguien tenía que hacerlo —dije sencillamente—. Tlilmiztli estaba solo; y como le dije a él, y con todo respeto a sus habilidades, la clase de misión en la que lo mandaron no es una que uno pueda acometer solo.

—Entonces tú le das todo tu apoyo, casi sacrificas tu vida por ayudarlo; y en la primera prueba él se da la media vuelta y te etiqueta de traidora.

—Al parecer él no me conoce como tú. ¿Cómo supiste que era un engaño de mi parte? ¿Cómo supiste que te necesitaría justo en ese lugar y en ese momento?

—De lo primero, tú lo dijiste, te conozco. Desde que te conozco siempre has tenido unos valores y un sentido de la moral muy marcados. Era obvio que no podías tirar todo eso por la borda de la noche a la mañana. De lo segundo, fue sólo suerte en realidad, me alegra haber podido estar ahí para ti. Cosa que hubiera hecho desde un principio si hubiera sabido que necesitabas ayuda.

—El asunto era secreto, Dan. A decir verdad, ni siquiera estoy segura de cuánto sabes.

—No mucho más que tu madre, me temo. Sólo que has estado ayudando a ese lo… Tlilmiztli las últimas semanas a recuperar unos objetos antes de volver a donde sea que pertenece, y ese deseo tuyo de ayudar provocó que un montón de locos te secuestraran el lunes cerca del centro de la ciudad. Ah, y que de alguna forma todo eso se relaciona con las culturas prehispánicas, aunque aún no sé cómo.

—Pues en realidad no hay mucho más que decir, el resto son detalles que en este momento ya ni siquiera son importantes. Todo ha terminado, ahora sólo espero poder descansar una semana o dos y después veré qué más hago.

—¿Tienes planes?

—No lo sé, lo más probable es que tenga que conformarme con conseguir un trabajo de secretaria o telefonista como había temido siempre.

—¿Te vas a rendir? ¿Después de todas las veces que dijiste que querías algo mejor de tu vida, que te merecías algo mejor, ahora te vas a rendir?

—Estoy cansada, Dan.

—Eso es por lo que te pasó los últimos días, y no digo que no debas tomarte un descanso, Dios sabe que lo necesitas; pero eso no significa que debas renunciar a tus sueños.

—¿Quién sabe cuáles son mis sueños ya? Porque yo no lo sé. Desde que comenzó todo este asunto he estado tan enfocada en vivir la aventura de mi vida, que me olvidé que la aventura en sí no es mi vida. Necesito decidir algo respecto a mi futuro, simples sueños de fantasía no me van a llevar a ningún lado.

—Creo que es buena idea que descanses un par de semanas, y entonces decidas si realmente quieres resignarte a un trabajo de secretaria. Prométeme que no decidirás nada hasta que lo pienses bien.

—No creo que me vaya a quedar otra opción, pero te prometo que no tomaré ninguna decisión definitiva sino hasta que lo haya pensado bien.

El silencio reinó por unos minutos mientras ambos bebíamos chocolate y mordisqueábamos unas galletas; no era un silencio incómodo, sino todo lo contrario, era la clase de silencio que se cierne sobre un grupo de personas cuando están en completa paz y relajación.

—¿Por qué nos distanciamos tanto Dan? —Al cabo de casi quince minutos no pude evitar romper el silencio con aquella pregunta, la duda que me había carcomido por tanto tiempo…

—Yo nunca me distancié —señaló él—. Aquí estoy, ¿no? Si estoy aquí es porque eres mi mejor amiga, siempre lo has sido, siempre lo serás. Yo nunca he querido distanciarme de ti, tú fuiste la que poco a poco se fue distanciando de mí en los últimos años. Primero eran tareas, trabajos para créditos extras; más tarde, tus libros; si no era una novela de caballeros y dragones era una de magos y hechiceras; siempre un libro ocupaba tu tiempo, tiempo que antes solías pasar conmigo. Pero no dije nada, pensé que sería una etapa, que tarde o temprano saldrías de esa burbuja y todo volvería a ser como antes; pero no fue así. Ahora ya ni siquiera está la escuela de excusa para vernos, ni somos vecinos; cada día que pasa me pregunto cuándo será que podré volver a verte, o siquiera si volveré a hacerlo algún día… te extraño.

—Yo también te he extrañado tanto Dan, no tienes idea cuánto —le aseguré, luego suspiré tristemente—. He estado tan perdida en "otros mundos" que me he vuelto ciega al propio; por querer encontrar la magia y la aventura de los libros, dejé de ver todas las cosas maravillosas que tenía en mi realidad.

Nos miramos en silencio, esta vez un silencio expectante, ambos a la espera de lo que el otro iba a decir; pero al final no fue uno de nosotros quien habló, sino alguien más que acababa de entrar en la sala:

—Da alivio a mi espíritu verte tan recuperada, Xochiyao.

Era Tlilmiztli, tuve que torcerme un poco desde mi cómoda posición en el sofá, pero en realidad no necesitaba verlo para saber que era él, podría reconocer su voz, y su presencia en cualquier lugar; la misma presencia que supliqué sentir durante mi secuestro y que apareció cuando ya era demasiado tarde. Por otra parte, quizás así fue mejor.

—No esperaba que todavía estuvieras aquí —dije honestamente—. Creí que te irías de vuelta al otro lado apenas llegar a la ciudad. Puedes hacerlo, ¿no? Tienes el pergamino y las dos mitades del *Tlayolohtli*; no me digas ahora que faltó algo más.

—Nada falta. Hiciste un excelente trabajo. Pero la razón por la que no me he marchado es porque me preocupaba tu salud.

—¿Mi salud? Si es así; como podrás ver, ya estoy muy recuperada; estaré perfecta en una o dos semanas más. No necesitas seguirte preocupando, puedes volver a tu hogar cuando gustes.

Casi podría jurar que por un instante vi dolor en su mirada.

—¿Por qué lo hiciste? —me preguntó él.

—¿Qué cosa? —indagué, aunque tenía una muy buena idea—. ¿Por qué te traicioné?

—No… —murmuró, y apartó la mirada un momento, como intentando ocultar algo trascendental en su expresión—. Quiero saber por qué te arriesgaste tanto para obtener la gema.

Muchas posibles respuestas pasaron por mi cabeza, pero ninguna parecía suficiente para explicar todo lo que había pensado y sentido en el momento en que decidí aceptar la oferta de Ramón y fingir estar de su parte.

—Porque era lo correcto —dije finalmente.

—¿Lo correcto? —interrumpió Dan, súbitamente fúrico—. ¡Pudieron matarte!

—Tú no eres una *Yaocihuatl*, no tenías nada que te atara a esta misión para tomar semejante riesgo —agregó Tlilmiztli—. Fue tonto, y riesgoso…

—¡Y mi decisión! —interrumpí con furia a ambos—. Y te recuerdo que soy una *Tlapiani*, por nombramiento y por herencia, tú mismo me lo dijiste cuando me explicaste todo.

Parecía que Dan quería decir algo, pero no encontraba las palabras.

—Tenía que hacerlo, entiéndanme. —Respiré hondo—. En primer lugar, era la manera más rápida, sencilla y efectiva de obtener la parte faltante del *Tlayolohtli*; en segundo lugar… créanme que después de lo que tuve que pasar los pocos momentos que estuve consciente los primeros dos días de mi secuestro, lo que menos quería era seguir así; tomé la primera opción que me ofrecía al menos una oportunidad de salvarme. Se llama tener instinto de supervivencia.

—Si tuvieras instinto de supervivencia hubieras salido huyendo en cuanto te soltaron las cadenas —opinó Dan.

—Ehm, sí… —admití—. Y ya aclaré por qué esa no fue una opción. Por favor chicos, yo fui la que tuvo que lidiar con el asunto, así que dejen de tratar de decirme que debí tomar una decisión distinta, porque a fin de cuentas el hubiera no existe; las cosas son como son y el pasado no se puede cambiar. Además, tienen que admitir que Ramón prácticamente me estaba poniendo la mitad del Corazón en bandeja de plata…

—¿Ramón? —Fue tan chistoso escucharlos hablar a los dos al mismo tiempo, que si la situación no hu-

biera sido delicada me hubiera echado una buena car-
cajada—. El líder de los *Mictlantecuhtli* —aclaré, y
volteé a mirar a Tlilmiztli—. ¿Sabías que es como yo?

Eso lo dejó momentáneamente pasmado.

—¿Estás loca? —acusó Dan, preocupado—. ¿O
me vas a decir que de pronto te dio Síndrome de Esto-
colmo? ¡Ese hombre es un asesino!

—A decir verdad, no, no lo es. —No estaba segura
de cómo explicarlo, pero entendía que tenía que hacerlo—. Lo vi, en mis sueños... puede que no haya tra-
tado a las *Tlitlanecuilli* de la forma que merecían, pero
tampoco las mató. Ni ninguno de sus hombres lo hizo.
—Exhalé—. Y de todas maneras, no me refería en ese
sentido. —Me volví de nuevo hacia el *Chimalli*. —Él
también es descendiente de un miembro del *Temalacatl*; y al igual que yo, no fue candidato a Heredero por
tener ascendencia europea. —Fruncí el ceño—. La
única diferencia es que mientras que yo me vine a enterar de todo hasta que ya estaba dentro, él creció
viendo a su abuelo ser parte de ello, deseando ocupar
ese lugar, ser digno; para que en el último momento lo
hicieran a un lado, por algo que estaba fuera de su poder. Tuvo que ver a alguien más tomar el lugar que él
siempre soñó sería suyo; alguien que nunca lo quiso, a
quien no le interesaba en realidad ser parte de eso. ¿Sabes lo frustrante que puede llegar a ser vivir algo así?

—¿Ahora me vas a decir que tú lo comprendes y
te compadeces de él? —dijo Tlilmiztli con furia en sus
ojos—. ¿Qué es inocente? Ya olvidaste a Acoatl y a...

—No he olvidado nada ni a nadie, Tlilmiztli —le aclaré—. Y jamás dije que Ramón fuera inocente. Es un loco, psicópata, criminal, quien tiene menos control sobre el montón de hombres que reclutó de lo que él preferiría admitir. Eso no lo niego ni lo negaré jamás. Lo que quiero decir es que entiendo lo que lo pudo haber llevado a eso. La frustración y el dolor producto del desprecio son emociones muy fuertes… a veces quisiera que entendieras de lo que hablo. Por otra parte, están sus seguidores; si bien algunos parecen ser completamente viles, hay algunos que sí son inocentes, que únicamente siguen a Ramón porque piensan que son parte de una cruzada por la libertad e igualdad de todos los pueblos, o algo así.

—Es como Charles Manson, y todos esos otros cultos, sectas y seudo-religiones que hay en todo el mundo —comprendió Dan.

—Así es —confirmé yo—. Si hay una cosa que le concedo a Ramón es su poder de convencimiento, haber conseguido que tantos hombres, jóvenes y adultos estén de su parte no es una hazaña menor; sus métodos para conseguir sus objetivos, por otro lado, podrían usar algo de mejoramiento.

Dan pareció enfurruñarse al notar que yo osaba burlarme de algo que para él todavía era un punto delicado, por lo que preferí dejar el asunto de ese tamaño.

—A lo que quiero llegar —continué —. Por muy locos o malditos que uno o más de ellos puedan parecer, no son realmente nuestros enemigos, simplemente son un montón de hombres con menos madurez que el más chico de mis primos intentando hacerse notar.

—Pues el problema es que la manera en que intentan hacerse notar es bastante peligrosa —puntualizó Dan.

—Eso no importa, porque pronto la razón para el peligro ya no existirá más —les recordé a ambos—. Una vez que Tlilmiztli vuelva a su tierra con los tesoros, todo habrá terminado; y tú y yo Dan podremos volver a nuestras vidas.

Pude ver en la cara de Dan que él apoyaba completamente esa idea.

—Partiré al terminar la semana —anunció Tlilmiztli.

—¿Estás seguro que es una buena idea esperar tanto? —Dan hizo la pregunta que yo no me atrevía a pronunciar.

—Quiero que Xochiyao esté ahí —dijo él sencillamente, y luego me miró a los ojos—. Dijiste algo muy cierto, eres una *Tlapiani*; y como la *Yaocihuatl* que vive aquí es tu deber guardar la entrada a Miramar.

Yo me limité a asentir solemnemente, al menos me estaba tomando en cuenta. Ahora sólo debía asegurarme de recuperarme lo más posible antes de que terminara la semana.

## Capítulo 8

# Miramar

Las expresiones de *shock* con las que Dan y Tlilmiztli me miraron la mañana de ese lunes cuando bajé las escaleras me dejaron sin aliento, y completamente sonrojada.

—Esa ropa… —comenzó Tlilmiztli.

—La hizo mi bisabuela, para mí —expliqué yo dando un giro—. Me la dio en mi último cumpleaños, poco antes de fallecer. Está hecha de manta.

La ropa, creada con tela de manta natural, consistía de un conjunto de blusa abotonada y falda de poco vuelo que llegaba hasta un poco por encima de los tobillos; con ambas piezas casi parecía que llevara puesto un vestido. A juego con ellas iba una chalina tejida de color blanco y unas sandalias cafés con cintas blancas.

Para finalizar, llevaba cruzada al hombro una bolsa pequeña igualmente tejida.

—Es como la ropa de mi gente —explicó Tlilmiztli.

—Te ves hermosa —declaró Dan tras un momento en silencio, luego pareció darse cuenta de lo que había dicho y bajó la cabeza apenado.

Yo sólo pude sonreír, no era la primera vez que me decía esas palabras, pero había algo en la manera en que las pronunció que me hizo sentir que esta vez era diferente, como más importante.

Dan volvió a pedirle el auto a su padre, y como era para salir a pasear con su mejor amiga, él no dudó en entregarle las llaves; siempre intuí que el señor Sáenz me favorecía, ahí lo estaba comprobando. Nadie sabía que Tlilmiztli también iría, que estuvo viviendo conmigo las últimas semanas, ni siquiera que existía, y así lo preferíamos. No era como que hubiera mucha probabilidad de que alguno de nosotros lo volvería a ver después de su partida.

Fue fácil llegar a la playa, siendo inicio de semana casi toda la gente estaba ya en sus trabajos o iba rumbo a éstos, nos llegamos a cruzar con una que otra persona que iba camino a la refinería; pero en sí, el lugar a donde nos dirigíamos estaba casi vacío.

Poco antes de entrar a la parte conocida de la playa Tlilmiztli le señaló a Dan otra dirección, el corredor urbano. Seguimos ese camino por poco tiempo, cuando de nuevo Tlilmiztli le indicó a Dan que diera vuelta, entonces salimos a un camino de tierra.

—¿Es idea mía, o este es el camino a aquel hospital viejo donde dicen que se aparecen fantasmas? —inquirí, curiosa.

—Sí es este, es el camino al hospital naturista —asintió Dan—. Y a otros edificios viejos. También hay una playa por aquí, aunque hace unos años poca gente venía; y desde que hicieron el corredor urbano, menos. Creo que es porque no es tan fácil ver la salida.

Asentí, las pocas veces que anduve por ese sendero nunca me daba cuenta que estaba por la zona del hospital naturista sino hasta que ya había pasado el inicio del camino que llevaba en esa dirección.

Dejamos el automóvil lo más cerca posible de aquella playa, y empezamos a marchar sobre la arena, apenas a unos metros de la orilla. Elegí dejar atrás mi celular, llaves y cartera; en mi bolsa llevaba los tesoros, los cuales Tlilmiztli insistió yo cargase por el momento, como una muestra de su renovada confianza en mí.

Estuvimos caminando por cerca de un cuarto de hora por los límites de la playa, la arena completamente inmaculada, haciendo evidente que no había nadie por ahí, y probablemente no lo hubo en un buen tiempo. Al cabo de un rato llegamos a una formación rocosa, como una especie de túnel; una pequeña corriente de agua entraba ahí, pero aun así quedaba bastante espacio para pasar. Dan y Tlilmiztli me ayudaron para que no resbalara o tropezara sobre el suelo de arena, conchas y piedras.

—Miramar… —murmuré yo de pronto—. ¿Quién diría que ese sería el nombre de algo más que sólo la playa de nuestra ciudad, eh Dan?

Dan se limitó a asentir, nunca dejando de sujetarme del brazo.

Recorrimos aquel túnel empinado en casi absoluta oscuridad por cerca de cinco minutos, hasta que finalmente llegamos a un punto donde el terreno se abría en un gran espacio con el techo abovedado.

Los tres sacamos unas lámparas que Dan y yo habíamos conseguido; y entonces Dan y yo nos quedamos sin aliento.

La belleza del lugar no era precisamente arrebatadora; a decir verdad, para la mayoría de la gente aquello sería simplemente docenas de montículos de piedras quebradas y tierra erosionada. Pero después de lo que había visto en El Tajín y en Tula, y lo que descubrí con mis investigaciones, que continuaron durante la semana que estuve en recuperación, podía comprender mejor el esplendor que guardaban aquellas ruinas.

—Tantas veces que he venido a la playa, y jamás me imaginé que algo así se pudiera esconder aquí —murmuré, fascinada—. Pensar que todo esto ha estado justo bajo nuestros pies por cientos de años.

—Tanto escándalo que hacen todos aquellos antropólogos, historiadores e investigadores por las pocas ruinas que hay en la mayoría de las ciudades, el conjunto más numeroso de pirámides siendo aquellas en El Tajín; si ellos supieran que todo esto está aquí —murmuró Dan, sin poder creer lo que veía.

—Si supieran lo que está aquí, explotarían ese descubrimiento; lo cual no sólo eventualmente arrasaría con lo que queda de lo que una vez fue una gran ciudad, sino que también nos estaríamos arriesgando a que la existencia de mi mundo quedara expuesta antes de tiempo —declaró Tlilmiztli mientras comenzaba a guiarnos de nuevo.

Lo pude distinguir en sus palabras, la inflexión de su voz, él aún no había perdido la esperanza de que tarde o temprano ambos mundos consiguieran coexistir en armonía; yo guardaba la misma esperanza.

Llegamos finalmente a lo que parecía el centro de esa ciudad en ruinas. Ahí había algo que yo podría comparar con el kiosco en la plaza principal de la ciudad; era la única estructura que parecía no haber sido tocada por el tiempo, se mantenía en pie. Verla me ayudaba a imaginarme el resto de las estructuras completas, tal y como debió haber sido aquella ciudad en la época en que las culturas prehispánicas prosperaron libremente, muchos siglos atrás. Era una idea hermosa.

—Este es el portal. —Señaló Tlilmiztli—. Y allá arriba, en la punta, es donde habría de colocarse el *Tlayolohtli* para que el paso se estabilizara lo suficiente para permitir el cruce a cualquier persona.

—¿Significa que el paso normalmente no está estable? —preguntó Dan.

—No, no lo está —convino Tlilmiztli—. En la condición normal del portal, de nosotros tres, sólo Xochiyao y yo podríamos pasar.

—Entiendo por qué tú; pero ¿por qué ella? —inquirió mi amigo.

—Por esto —me adelanté a responder, al tiempo que alzaba la muñeca y le mostraba el emblema de la *Macuilxóchitl*, el mismo que nunca me quitaba—. Acoatl me lo entregó junto con la primera mitad del *Tlayolohtli* hace semanas.

—Es probable que ella esperara que tú misma entregaras la joya si yo nunca llegaba a aparecer —puntualizó Tlilmiztli.

—¿Y cómo exactamente? —le pregunté—. No es como que haya sabido en ese entonces ni el principio de todo este asunto.

—Tampoco sabías al principio que los *Mictlantecuhtli* tenían la pieza faltante del Corazón, ¿o sí? —me recordó él.

Y lo comprendí entonces, los sueños, mis "poderes", me hubieran mostrado qué hacer, o al menos eso quería creer él; yo, incluso siendo la que poseía estas extrañas habilidades, tenía mis dudas.

—¿Cómo activas el portal? —inquirí, al tiempo que con la vista buscaba cualquier cosa que pudiera servir de pista.

—Es muy simple —declaró Tlilmiztli con sencillez, al tiempo que se arrodillaba frente a las escaleras
del kiosco y tocaba el final de estas con una mano—.
Sólo es cuestión de dar la orden: *Poanitla*.

Dan y yo observamos maravillados cómo en el
centro del kiosco aparecía una esfera de luz plateada,
que iba creciendo hasta ocupar casi todo el interior de
éste. Era extraño, semi-translúcido, brillante, podíamos
ver lo que había del otro lado, el resto de las ruinas,
pero se veían distorsionadas; casi como se ve la parte
baja de los edificios cuando una calle está tan caliente
que despide una especie de vapor desfigurando todo lo
que refleja.

Un instante después, el desastre; ninguno de nosotros tres se había movido aún, pero se podía sentir en el
aire que la situación había cambiado radicalmente de
un momento a otro, de forma inesperada.

—No se muevan —reconocí esa voz apenas la escuché, era Ramón—. Quién lo diría, tal parece que puedes adoptar la imagen de una bruja igual de bien que
adoptas la de una princesa…

No era el único ahí, podía ver más figuras rodeán-
donos. Además, sabía que se refería a mis ropas, pero a
diferencia del asco que sentí usando el vestido negro,
esa ropa de manta realmente me gustaba, y el pensar
que resaltaba mi título, el título que yo había elegido,
como *Tlapiani*, me hacía sentir también muy orgullosa
de todo.

—Tú fuiste el único que pensó eso, Ramón —le dije, buscándolo con la mirada, sin moverme de mi sitio—. Esto es lo que soy, siempre he sido y siempre seré; tú fuiste el único que no quiso verlo.

—¡Pudiste haber estado en la cima del mundo! —me gritó él—. Pero ahora me aseguraré de que te pudras en el fondo, igual que tus amigos.

—¿Crees que nos daremos por vencidos tan fácilmente? —preguntó Tlilmiztli. Seguía en el suelo, pero pude ver en su posición la tensión, se estaba preparando para iniciar una batalla, una cruenta y dura batalla en la cual él sabía que las probabilidades de salir victorioso eran nulas, que incluso era muy posible que muriera antes que pudiera dar más de dos pasos, pero aun así eso no lo haría rendirse.

—¿Por qué haces esto, Ramón? —le pregunté—. ¿No dijiste que no deseabas que tú y tus hermanos fueran catalogados como Señores de la Muerte? Porque te informo que si actúas de la manera en que estás amenazando que harás… eso es exactamente lo que conseguirás. ¿Estás realmente preparado para renunciar a todo por un sueño imposible? ¿Lo están tus hombres?

—¿Qué sabes tú de la posibilidad o imposibilidad de los sueños? —preguntó él a su vez—. Sigues ahí, luchando por tomar un lugar que te fue negado, un lugar que ellos te quitarán en cuanto encuentren una buena excusa para hacerlo.

—No lo harán —espeté —. No lo harán porque me lo he ganado. ¿Tú? Tú no has hecho más que llorar, renegar y destruir; no intentaste probarles que estaban en un error, decidiste en vez de eso vengarte por el desprecio del que sientes fuiste víctima. —Volteé la cara para verlo fijamente a los ojos—. Cuando me contaste tu historia no pude evitar compadecerme de ti, preguntarme cómo serían las cosas si pudiéramos hablar de la situación, si nos diéramos una oportunidad unos a otros. Pero el que estés aquí ahora, soltando amenazas de muerte cuando en el fondo sabes que has perdido tu oportunidad, que lo único que conseguirás es matarnos a todos, sólo me prueba que lo que los demás piensan de ti es cierto: eres un maldito bastardo.

Ese discurso fue suficiente para distraerlo, para que Tlilmiztli aprovechara la oportunidad y se lanzara en su desesperada pelea contra los hombres más cercanos.

Dan y yo echamos a correr al mismo tiempo hacia él; sabía que Dan, con su tamaño y complexión tenía una oportunidad decente de auxiliarlo aunque fuera un poco, yo esperaba encontrar la manera de ayudarlos a ambos como fuera.

—¡Alto ahí! —gritó Ramón de pronto.

Y seguido de su grito se escuchó uno más ahogado de un individuo que sus hombres acababan de llevar a rastras hasta donde él se encontraba, una persona que yo conocía muy bien.

—¡Tío Carlos! —exclamé, apenas un segundo después cubriendo mi boca con mis manos—. ¿Qué...? ¿cómo...? Yo no entiendo...

—¿No entiendes? —se mofó Ramón al tiempo que sacaba una pistola para apuntar con ella a la cabeza de mi tío—. Es bastante simple, querida, sólo tienes que pensarlo un poco. Tú has reclamado el título de *Tlapiani*, pero bien sabes que no eras tú la Heredera de este punto; entonces, ¿quién lo era?

Fue bastante obvio en ese momento, mi tío Carlos, el primo de mi madre, a quien yo vi tantas veces durante mi infancia visitando a mi bisabuela, él era su Heredero, él tomó el lugar de ella en el *Temalacatl*.

—¿Te encuentras bien, tío? —le pregunté sin atreverme a mover un solo músculo por miedo a que Ramón lo matara.

—¿Te encuentras bien? —remedó Ramón ridiculizando mi preocupación y volteó a ver a su rehén—. ¿La escuchas? Todavía se preocupa por ti. Me pregunto si se seguiría preocupando si supiera que la traicionaste, a ella y a sus dos amigos...

—¿T...tío? —Eso me dejó en completo *shock*.

—¿Cómo crees que llegamos a este lugar antes que ustedes? —se burló de mí Ramón—. ¿Cómo crees que pudimos siquiera encontrar este lugar? —Rio fríamente, sin humor—. Tiene un beneficio haber estado tanto tiempo en compañía de un *Tlapiani*, aunque al final éste me haya despreciado, sabía los nombres de todos los involucrados, incluyendo el de tu bisabuela. No fue muy difícil unir los puntos una vez que uno de mis hombres me señaló en qué dirección se había dirigido el auto en el que huiste, y obviamente el hecho de que te hubieran capturado aquí hizo las cosas aún más evidentes. Hasta ese momento habíamos pensado que realmente eras como él. —Señaló a Tlilmiztli, sometido bajo dos de sus hombres—. Pero tras entender lo que eras en realidad, el resto fue pan comido.

—Él amenazó a tu tía Vera, y a tus primos, no tuve otra opción —argumentó mi tío.

Podía ver en los ojos de mi tío su arrepentimiento, él nunca esperó que las cosas llegaran a ese extremo, sólo hizo lo que hizo en un intento de proteger a su familia; es lo que cualquier persona hubiera hecho, es lo que sabía yo misma hubiese hecho en su lugar… pero eso no significaba que me iba a resignar.

Si algo aprendí durante la semana que pasé secuestrada en Tula era que podía ser una persona muy fuerte cuando en verdad me lo proponía, quizá no físicamente, pero cuando era realmente necesario podía sentir dentro de mí una fuerza que antes no sabía que poseía. Era el momento de hacer uso de esa fuerza.

—Dan… —murmuré en un tono de voz bastante bajo, apenas moviendo los labios para que nadie lo notara—. Prométeme que pase lo que pase, harás lo posible por sacar a mi tío de aquí con vida.

Me pareció que iba a decir algo, pero yo discretamente lo tomé del brazo para evitar que hablara o se moviera.

—Prométemelo, por favor —le insistí.

—Lo prometo —accedió.

—Gracias —dije aliviada. Al menos si la locura que estaba a punto de cometer fallaba, tenía esperanza de que mi familia se salvaría.

—No sé qué es lo que vas a hacer —murmuró Dan—. Pero sea lo que sea, por favor ten cuidado. No quiero que mueras.

—Haré lo mejor que pueda —le aseguré.

Y era cierto, no deseaba morir, pero el temor a la muerte no me detendría de intentarlo todo para terminar lo que comencé con aquel accidentado primer y único encuentro entre Acoatl y yo. Volteé a mirar a Tlilmiztli a los ojos, intentando hacerle entender con una mirada lo que estaba a punto de intentar, y el hecho de que más le valía que él pusiera de su parte porque yo no lo conseguiría sola.

Creo que Ramón en el último momento se dio cuenta que estaba tramando algo, pero ya era demasiado tarde, antes que pudiera gritar alguna orden o amenaza yo ya me estaba moviendo. Arrojé la piedra que levanté del suelo en un acto reflejo minutos antes, poniendo la fuerza de todo mi cuerpo en ella y consiguiendo que impactara directamente en la sien de uno de los hombres que mantenían a Tlilmiztli en el suelo.

Eso fue todo lo que él necesitó para quitarse a ambos de encima y de inmediato comenzar a pelear de nuevo.

Pude ver por el rabillo del ojo a Dan corriendo desde un lado de mí hasta mi tío, jalándolo detrás de otras ruinas antes de que las balas que empezaron a ser despedidas de varias armas los pudieran tocar.

Una de esas balas hirió a Tlilmiztli en un costado. Pero más allá de la herida, el impacto fue tal que lo mandó directamente hacia el centro del kiosco cerca del cual él había permanecido todo ese tiempo. Y desapareció.

No me tomó mucho para entender lo sucedido: él había cruzado; gracias al emblema de la *Macuilxóchitl* debía haber llegado bien al otro lado. El problema en esa situación fue que no se llevó los tesoros consigo, porque esos aún los tenía yo.

—¡Atrápenla! —ordenó Ramón.

No estaba segura si él se había dado cuenta ya que yo tenía las cosas que él quería, o si simplemente se trataba de detenerme antes de que huyera de la misma manera en que lo hizo Tlilmiztli. Esa era una interrogante de la cual no me interesaba obtener una respuesta, por lo que tras dirigir una última mirada silenciosa a Dan, quien me veía desde detrás de unas rocas, pasé toda la fuerza que tenía a mis piernas para correr tan rápido como me fuera posible los pocos metros que me separaban del kiosco y finalmente brincar hacia el oscuro vórtice. No tenía ni idea de lo que pasaría una vez que lo tocara, ni si aquel colgante en mi muñeca sería realmente suficiente para llevarme con bien al otro lado, realmente ni siquiera estaba pensando en ello cuando hice lo que hice, en lo único que podía pensar era en asegurarme que ni Ramón ni ninguno de los *Mictlantecuhtli* pondrían sus manos sobre los tesoros que cargaba.

Desperté sintiendo un fuerte mareo, y como si la cabeza me latiera. Todo a mi alrededor se veía borroso, aunque distinguía rocas, pasto... algo parecido a una plataforma, o quizás a un altar de algún tipo. Me estuve preguntando exactamente dónde estaba y cómo había llegado ahí, hasta que de pronto lo recordé todo: las ruinas de Miramar, la emboscada, la pelea, y yo saltando al portal.

—Pues estoy entera... —murmuré para mí misma al comprobar que, en efecto, estaba en una pieza—. Y esto también... —en mi bolso seguían los tesoros. Entonces recordé algo más—. ¿Tlilmiztli? ¿Dónde estás?

Un leve gemido fue mi respuesta. Miré a mi alrededor hasta que lo encontré a unos metros de mí, sangrando de su costado copiosamente.

—¡Oh por Dios! —exclamé espantada.

Quise levantarme y correr a su lado, pero no pude ni siquiera apoyar mi pie, el tobillo me dolía horrores; por lo que tuve que gatear hasta llegar junto a él.

—Oh no, ay no... —estaba entrando en pánico, la herida era seria—. Tlilmiztli, Tlilmiztli no te rindas, no te atrevas a rendirte.

Me quité la chalina y la presioné contra la herida de Tlilmiztli, intentando parar la sangre, la tela blanca se tiñó de rojo, igual que mis manos, nada parecía ser suficiente.

—Vamos, vamos, tienes que resistir Tlilmiztli —le dije, intentando mantenerlo consciente—. Ya verás que alguien vendrá, tu gente vendrá, y te salvará.

Y lo hicieron, llegaron unos minutos después, un grupo armado, que en cuanto me vieron con las manos llenas de sangre me apuntaron con sus armas, armas que en mi mundo hacía muchos años que se consideraban obsoletas.

—Está herido —les expliqué sin quitar las manos de la herida—. He estado intentando parar la hemorragia, pero no es suficiente. Tienen que ayudarlo, por favor.

La mayoría de los miembros del grupo, todos vestidos de la misma manera que Tlilmiztli, me miraron como si no tuvieran idea de lo que acababa de decir y como si al mismo tiempo algo en mis palabras les causara desconfianza. Entonces comprendí: igual que yo no conocía su lenguaje, ellos no conocían el mío. Eso podía convertirse en un problema serio muy rápido.

Por suerte resultó ser que varios de los presentes sí conocían el idioma; entre ellos, una mujer con un parecido tan asombroso con Acoatl que no pude evitar preguntarme si eran parientes, y uno de los hombres de cabellos y ojos oscuros, igual que muchos otros, pero con un porte que parecía ponerlo por encima de los demás y que me llevó a deducir que se trataba del líder.

—¿Quién eres tú, muchacha? —me preguntó él, curioso—. No eres una de las nuestras, y sin embargo vistes como si lo fueras.

—Soy Xochiyao. —Me había acostumbrado a usar ese nombre desde que me fuera dado—. Y tiene que ayudar a Tlilmiztli, por favor, está herido.

El hombre hizo una seña a los demás, y dos hombres de inmediato me quitaron a Tlilmiztli de los brazos y empezaron a llevárselo.

—Yo soy Cuauhtzin. —Se presentó él—. Soy un *Yaotecatl*, un…

—Sé lo que significa —lo interrumpí con suavidad—. Tlilmiztli me lo explicó una vez, él fue también quien me puso el nombre de Xochiyao.

—Ya veo —asintió él—. ¿Por qué te explicó él esas cosas?

—Soy… soy una *Tlapiani* —le expliqué, mostrando el colgante en mi muñeca.

Un murmullo se alzó entre los hombres y mujeres que todavía seguían en el área; entre todos alcancé a distinguir a la única que hablaba en español.

—Es imposible —dijo ella—. Una blanca jamás será *Yaocihuatl*.

El hombre me siguió mirando, como esperando alguna explicación.

—Es una larga historia —le dije—. Y en verdad creo que Tlilmiztli necesita ayuda médica lo más pronto posible.

—Mucha razón tienes —asintió él—. Ven, sígueme.

Intenté hacerlo, pero mi pie se negaba a cooperar, el tobillo me dolía mucho, aún más que cuando me lo torcí huyendo de los *Mictlantecuhtli* en Tula.

—¿Estás herida tú también? —Dedujo él al ver las dificultades que tenía.

—Disculpe. —Bajé la mirada apenada.

—Una *Yaocihuatl* nunca debe avergonzarse de las heridas que se ha hecho en el cumplimiento de su deber —declaró él, al tiempo que hacía otra señal.

Perdí el piso en un instante, literalmente, uno de los hombres que aún seguían ahí me alzó en vilo, teniendo especial cuidado de no lastimar mi pie, yo sólo pude agradecer silenciosamente la atención. Después los demás nos empezamos a mover en la dirección en que se llevaran a Tlilmiztli antes.

Llegamos a lo que parecían los límites de una gran ciudad, igual que la mayoría de las ciudades de mi mundo, excepto que el área a donde nosotros íbamos no era igual, era extraño a decir verdad, como una mezcla de las casas modernas de ladrillos y cemento, y las viviendas de madera y paja que uno esperaría ver en la época antigua; era extraño, pero había algo en el ambiente que hacía que aquella escena pareciera… normal.

Tlilmiztli y yo fuimos llevados a un edificio que más adelante identifiqué como su versión del hospital, la diferencia era que, en vez de las medicinas y el equipo moderno, sus medios eran más rurales, naturales. Vi que se llevaron a Tlilmiztli a una habitación blanca, abierta; a mí, en cambio, me llevaron a un cuarto que quedaba al fondo. Un sanador me revisó el tobillo, puso algún ungüento desconocido que me quitó el dolor y me lo vendó. Al final me quedé sola en una habitación que muy probablemente fue cerrada con llave.

Lo sabía, ellos no confiaban en mí, me veían como una contradicción andante: alguien que se presentaba con un nombre como los de ellos, vestía como ellos, y conocía sus términos, pero que al mismo tiempo no entendía realmente su lenguaje y sus ojos y piel eran los de una "blanca" y no los de una de ellos. Llegué a la conclusión de que yo en su lugar probablemente no confiaría en mí tampoco.

## Capítulo 9

# Mujer Blanca

A la mañana siguiente desperté para encontrar un sencillo desayuno consistente de algunas rebanadas de fruta, nueces secas y algo que parecía miel, que disfruté bastante. Hasta ese momento no caí en la cuenta de que no había comido nada desde la mañana previa, no tenía idea a qué hora llegamos, cuánto tiempo transcurrió en el viaje, o si yo estuve inconsciente.

Me sorprendió mucho descubrir que mi bolso seguía junto a la pequeña cama donde me acostaron, y que dentro de éste aún estaban los tesoros, tal parecía que esa gente tenía al menos un buen concepto de la privacidad. Me agradó descubrir que el dolor de mi pie había cedido, aunque estaba todavía algo hinchado, y tenía el presentimiento de que sería un error intentar apoyarlo. Ese problema se solucionó cuando encontré cerca de mí lo que parecía un bastón de madera tallada.

—Tal parece que esta gente piensa en todo —no pude evitar murmurar en voz alta.

Estaba a punto de intentar levantarme cuando la puerta se abrió y entró una mujer, la misma del día anterior.

—Así que despertó la *Iztacihuatl* —murmuró ella en un tono comparable al desprecio.

Lo cierto es que no tenía idea de qué era exactamente lo que acababa de decir, pero sospechaba que no era muy amable.

—Buenos días —saludé yo, intentando ser lo más cortés posible.

—A mí no me engañas, ¿sabes? —dijo ella ignorando completamente mi saludo—. Todos los demás podrán estar intrigados por tu presencia, el propio Tlilmiztli podrá estar embobado contigo, pero yo no caigo en tus hechizos tan fácilmente.

—¿Hechizos? —Estaba confundida, sabía que tenía un cierto nivel de poder con mis sueños premonitorios e instinto, pero de ahí a hechizar...—. Creo que está en un error señorita...

—El nombre es Ilhuicoatl, soy una *Chimalli*, un título que yo sí me gané —puntualizó ella en un tono frío.

No necesitaba ninguna clase de poder para saber que yo no le agradaba en lo más mínimo, aunque no tenía idea del por qué, además del hecho de que parecía creer que no merecía ser llamada *Tlapiani*; y siendo que no era la primera persona que lo creía, esa parte realmente no me afectaba. Al mismo tiempo, su nombre me recordó el de alguien más: Acoatl. ¿Sería que existía alguna relación? ¿O era simplemente que sus nombres se parecían? No me atreví a preguntar, no quería ofender, o hablar de más.

Decidí entonces que necesitaba platicar con Tlilmiztli; quería preguntarle cómo esperaba él manejar la situación. Era obvio que lo más conveniente era que su gente nunca se hubiera enterado de mi intervención, pero eso era inevitable, especialmente porque tarde o temprano se darían cuenta de lo que cargaba en mi bolso. Pero antes de actuar prefería ponerme de acuerdo con Tlilmiztli, no quería arriesgarme o arriesgarlo a él por hacer o decir algo indebido.

—Me gustaría hablar con Tlilmiztli —dije en voz baja.

—Sí, no dudo que te gustaría eso, y seguramente querrás también ver cómo le sacas provecho a tu situación, ¿no? —inquirió ella—. Ver cuánto nos puedes sacar, de nuestros tesoros, nuestros recursos.

—¡No! —exclamé profundamente ofendida—. No soy una ladrona. Jamás haría algo así, ¿qué te hace pensarlo?

—Todos los blancos son iguales —espetó ella; y sin más, abandonó la habitación.

Era tan extraño ser llamada blanca. Si bien es cierto que mi piel era más pálida que la de ella y el resto de la gente que había visto en ese mundo hasta ese momento, no era lo suficientemente clara según los estándares de mi propio mundo; yo era una mestiza, no una blanca, pero al parecer en ese lugar, o al menos en lo que a Ilhuicoatl respectaba, no había puntos medios, yo era una blanca y ya. Lo cual me recordaba aquellos pensamientos que tuve con respecto al racismo en cada mundo cuando descubrí la razón por la que no resulté elegible para Heredera. En verdad que los dos mundos no parecían demasiado diferentes en el fondo; yo veía que tenían las mismas faltas; y aunque estuvieran aplicadas en otro sentido, al final era exactamente lo mismo.

Pero eso no cambiaba que tenía que hablar con Tlilmiztli. La suerte estaba de mi parte, pude notar que mi visitante olvidó echar llave a la puerta al salir. Decidí aprovechar eso. Me colgué la bolsa con los tesoros al hombro, tomé el bastón y salí del cuarto. Recorrí el pasillo concentrándome en encontrar a Tlilmiztli, a "sentirlo" como lo hice antes, siendo que no recordaba bien el rumbo por el que me habían llevado el día anterior.

Me tomó cerca de diez minutos, pero lo encontré, y tuve la fortuna de no toparme con persona alguna en el camino; lo que menos quería era meterme en problemas, o tener alguna otra discusión como aquella con Ilhuicoatl.

Tlilmiztli volteó hacia la puerta apenas entré, y no pudo esconder la sorpresa en su expresión antes que yo la notara. Me pregunté si yo lo estaba conociendo mejor, o si mi compañía lo hizo relajarse al menos un poco en las últimas cuatro semanas.

—¿Te encuentras bien, Tlilmiztli? —le pregunté al tiempo que cojeaba hasta una silla.

—Sí —asintió él, se percató de mi bastón—. Tú pareces estar herida.

—Un tobillo lesionado, nada que no haya pasado antes, o que me vaya a afectar demasiado. Es más la molestia que el dolor, te lo prometo —le aseguré—. Tú me preocupabas más, esa herida de bala fue bastante seria, no podía parar el sangrado. Si tu gente no hubiera llegado en ese momento no sé qué hubiera pasado.

—La buena fortuna nos sonrió —asintió él.

—Desearía haber podido ser de más ayuda —declaré con un suspiro.

—¿Sabes? —comentó él mirándome directamente—. En el poco tiempo que tengo de conocerte he llegado a darme cuenta que cometes el error de subestimarte a ti misma, y mucho. Siempre estás diciendo que deberías hacer más, que no es suficiente; y cuando te hablo de algo que hiciste bien, tratas de convencerte a ti misma, y de paso a mí, que fue nada, cuando tiende a ser todo lo contrario. El simple hecho de que estemos aquí, y no como prisioneros de los *Mictlantecuhtli*, debería hacerte entender cuánto hiciste esta vez. Pudiste haberte salvado a ti misma, y a tu amigo; pero en vez de eso, te arriesgaste por ayudarme, y casi te matan, otra vez. A veces no entiendo por qué haces todo lo que haces...

—Porque lo prometí —le dije con simplicidad—. Te di mi palabra de que te ayudaría con tu misión, y jamás consideré retractarme de ello.

—¿Ni siquiera cuando aquellos hombres te tuvieron cautiva? —inquirió él.

—Ni siquiera entonces. No tenía miedo a morir. —Me sorprendí a mí misma al darme cuenta que lo decía muy en serio—. Le tenía miedo a muchas cosas: a ser la causante del fracaso de tu misión, a no volver a ver a Dan, mis amigos o mi familia. No digo que desee morir, pero algo que he descubierto en el transcurso de esta loca aventura es que tampoco le temo. He llegado a verla simplemente como algo natural, el final de una vida, nada más.

—Eso es algo muy sabio —me apoyó, luego cambió de tema—. ¿Cómo es que sigues aquí?

—¿De qué hablas? —pregunté.

—Pues entiendo que pudiste haber llegado aquí por error, pero en ese caso debiste haber regresado ya —explicó él—. ¿Olvidaste la orden para abrir el portal?

—No, recuerdo bien lo que hiciste —repliqué —. Lo cierto es que no llegué aquí por error. Conscientemente me arrojé al portal. Y antes de que preguntes la razón, lo hice porque da la casualidad que mientras tú conseguiste cruzar bien, ya-sabes-qué-cosas aún seguían en mi bolso. No estaba muy segura de cuál sería el resultado si simplemente arrojaba el bolso, y no estaba dispuesta a correr el riesgo.

—¿Y te pareció menor el riesgo si te lanzabas tú misma? —pareció sorprenderse.

—Comparado con que los *Mictlantecuhtli* obtuvieran los objetos, sí —repliqué.

—Bien, ¿por qué no has regresado aún? —insistió.

—En primer lugar, no te iba a dejar herido como estabas —dije contando con los dedos—. En segundo, como podrás notar, mi pie está herido, eso ha probado darme dificultades en el movimiento. En tercero, una vez que tu gente llegó no es como que hubiera podido simplemente darles la espalda, abrir el portal y cruzarlo —suspiré —. Y hablando de tu gente, me ha parecido notar que no confían mucho en mí. Una mujer en especial parece despreciarme.

—¿Una mujer? —preguntó él, interesado.

—Sí, estaba con el grupo que nos encontró —respondí—. Fue a visitarme no hace mucho al cuarto donde me dejaron ayer. Dijo ser una *Chimalli*, como tú. Para serte honesta, me recuerda a Acoatl; ah, y dijo llamarse Ilhuicoatl.

—Sí… —asintió Tlilmiztli con un dejo de algo entre melancolía y tristeza—. Eso imaginé. Acoatl… Ilhuicoatl es su hermana.

No tuve respuesta para eso.

Estuvimos sentados en esa habitación, los dos juntos, en un silencio sereno, por varias horas. De vez en cuando me paraba un momento, probando mi pie, hasta que me di cuenta que ya usaba el bastón más por seguridad que por necesidad, seguía cojeando pero esperaba recuperarme por completo en un día más.

La quietud se rompió cuando la puerta de aquel cuarto fue abierta de manera violenta, y casi media docena de guerreros entraron a toda prisa, más de la mitad de ellos con las armas listas para una pelea. Fue hasta entonces que empecé a considerar lo que pudieron haber pensado ellos al ir a buscarme a la habitación donde me dejaron y encontrarla vacía. Ya desde un principio desconfiaban de mí, y la pequeña escapada que me había dado no iba a ayudarme en lo más mínimo. No importaba que no hubiera abandonado el edificio siquiera, el hecho era que salí sin permiso.

Tal y como lo esperaba, tres de los recién llegados de inmediato fueron en mi dirección, yo sólo alcé ambas manos, intentando parecer lo más pasiva posible.

—Deténganse —comandó Tlilmiztli.

Sus palabras sonaron tan fuertes y autoritativas, incluso con él en la cama convaleciente, que no me cabe duda que ninguna persona, en este mundo o en otro, hubiera dudado ni un solo momento en obedecerlo al instante.

—Dejen de tratar a Xochiyao como una criminal o una amenaza —indicó Tlilmiztli—. Ella es una invitada mía, así como *Tlapiani*, sin importar su origen o apariencia. Y si se atreven a seguir tratándola como menos que eso presentaré una queja ante el Jefe Mayor.

Al parecer esa amenaza era bastante seria, porque todos los que llegaran bajaron las armas de inmediato y ninguno se atrevió a tomar actitud ofensiva en mi contra; aunque varios me miraron de soslayo, probablemente preguntándose qué podía tener yo de especial que hacía que uno de los suyos me defendiera de tal forma, sé que yo me lo hubiera estado preguntando en su lugar.

Los seis que entraran en la habitación nos guiaron a Tlilmiztli y a mí fuera de aquel hospital y hasta lo que parecía ser el centro de aquella población, ahí había algo que yo sólo puedo comparar con como me imagino debieron ser las salas de los grandes concilios de la antigüedad de mi mundo: gradas en media luna, llenas de gente que vestía igual que Tlilmiztli e Ilhuicoatl, eran guerreros todos ellos; al pie de las gradas, un conjunto de sillas donde estaban los que debían ser las autoridades de esos guerreros; y en el centro de la línea estaba el hombre que dirigió al grupo que nos encontró a Tlilmiztli y a mí el día previo: Cuauhtzin. Tenía el presentimiento de que él era el Jefe Mayor que Tlilmiztli mencionó minutos antes. Mi amigo y yo, por otra parte, fuimos guiados hasta las dos únicas sillas situadas de frente a todos los presentes.

—Me siento como si estuviéramos a punto de ser enjuiciados… —murmuré a Tlilmiztli casi entre dientes.

Tan sólo una mirada en dirección a él me hizo entender que quizás mi sentimiento no estaba muy distante de la realidad.

—Estamos aquí reunidos para escuchar el reporte del *Chimalli* Tlilmiztli, respecto a la misión que le fuera encomendada hace cuatro semanas, así como escuchar qué fue de las *Tlitlanecuilli*: Acoatl y Yohualli; y la explicación acerca de la presencia de la que ha llamado su invitada: Xochiyao —anunció Cuauhtzin.

Murmullos comenzaron de inmediato; no comprendía lo que decían, pero podía deducir que no muchos aceptaban mi presencia en ese lugar. Me desagradaba que fueran tan rápidos en juzgarme, especialmente con todo lo que había hecho para llegar ahí, pero decidí dejar que Tlilmiztli manejara la situación; así que me tragué mi orgullo y permanecí en silencio.

—Acoatl y Yohualli han dejado las tierras mortales y entrado a las salas de nuestros ancestros —anunció Tlilmiztli. Usó las mismas palabras que utilizó conmigo cuando le pregunté si Acoatl estaba muerta, y pude deducir por la reacción que tuvieron uno que otro de los presentes, de los más jóvenes, que estuve en lo correcto. Aun así, las reacciones fueron realmente escasas, y eso sólo venía a probarme de nueva cuenta aquel punto de no-sentimientos que ya había discutido con Tlilmiztli antes.

—Llegué a la otra tierra como planeamos. De inmediato empecé a intentar rastrear a las *Tlitlanecuilli* desaparecidas —empezó a contar Tlilmiztli—. Encontré el cuerpo de Yohualli, su espíritu lo había abandonado dos días antes. Después hallé rastros de Acoatl y los seguí, sorprendentemente, de vuelta a la ciudad más cercana a Miramar, ahí me di cuenta que su rastro desaparecía por completo en las inmediaciones de una laguna. Llegué a pensar que todo estaba perdido, hasta que me percaté de otra presencia en el mismo lugar, era ella, Xochiyao.

Escuché aquel relato con gran atención, jamás supe con exactitud lo que hizo Tlilmiztli los días previos a nuestro primer encuentro, y era interesante saberlo, entender cómo había llegado hasta ahí.

—Al principio no tenía idea de quién era ella —siguió diciendo Tlilmiztli—. O qué significaba lo que "sentía" emanar de ella. Me le acerqué, intentando averiguarlo de alguna forma, entonces vi el colgante en su muñeca, la *Macuilxóchitl*. Empecé a interrogarla, y así descubrí que ella había visto a Acoatl, una semana atrás, antes que los *Mictlantecuhtli* la alcanzaran. Acoatl confió en Xochiyao, aún sin conocerla, vio de inmediato en ella tantas cosas buenas que a mí me ha tomado mucho tiempo ver y entender. Acoatl se dio cuenta que estaban ahí en apenas unos segundos, y fue por eso que decidió confiarle a ella el futuro de ambos mundos y del *Temalacatl*… entregándole la pieza del *Tlayolohtli* que había conseguido recolectar antes que los *Mictlantecuhtli* comenzaran a perseguirla.

—¡Espera! —gritó Ilhuicoatl de pronto—. ¿Quieres decir que Acoatl confió en una completa extraña y le entregó el tesoro más valioso de nuestro pueblo? ¡Mi hermana nunca haría eso! Todo debe ser una mentira de esa blanca.

—¡Suficiente, Ilhuicoatl! —ordenó Cuauhtzin con voz poderosa—. Vuelve a sentarte —se dirigió a todos—. No estamos aquí para juzgar, ni a Tlilmiztli ni a su amiga; sino para entender qué ha ocurrido las últimas cuatro semanas. —Se giró hacia Tlilmiztli—. Prosigue.

—Creo que lo que sigue sería mejor si la propia Xochiyao lo explicara —declaró Tlilmiztli—. Ella estuvo ahí.

—Gracias —dije yo asintiendo—. Yo conocí a Tlilmiztli un día que decidí ir a la laguna, era la primera vez que me atrevía siquiera a salir de mi casa desde lo sucedido una semana anterior, con Acoatl. —Respiré hondo, sabía que eso era lo que Tlilmiztli quería en realidad que explicara yo—. Ese día había salido a pasear, ni siquiera sé por qué me detuve cerca de los límites de la laguna, no es algo que acostumbrara a hacer. Inesperadamente se me acercó una mujer, la había visto correr desde una distancia atrás, y parecía tener mucha prisa. Ella me entregó un paquetito envuelto, y me dijo varias palabras en su idioma, palabras que no entendí sino hasta que Tlilmiztli me las explicó, el día que nos conocimos. En resumidas cuentas: ella me dijo su nombre, me entregó el paquete que llevaba, diciéndome que lo protegiera, y me nombró una guardiana, una *Tlapiani*; después me entregó su colgante, que es el que llevo aún hoy en la muñeca, y se fue corriendo. Yo no tenía ni idea de lo que estaba sucediendo, pero antes de que pudiera llamarla, pedirle explicaciones o lo que fuera, vi una camioneta negra frenar unos metros más adelante, varios hombres se bajaron de ella y fueron tras Acoatl. Ella estaba caminando sobre el puente que cruzaba la laguna, la escuché gritar *"Mictlantecuhtli"*, antes de lanzarse al agua… después no supe más porque me di la vuelta y eché a correr aterrada.

El silencio se cernió sobre todo el lugar y yo no pude evitar sentirme muy incómoda, por lo que no pronuncié palabra alguna mientras Tlilmiztli procedía a explicar cómo habíamos burlado a los *Mictlantecuhtli* el día que nos conocimos, nuestra llegada a mi casa, la historia de mi bisabuela, cómo yo decidí ayudarle con su misión, la ida a El Tajín, y finalmente cuando descubrimos que todo ese tiempo yo sólo había tenido una mitad del *Tlayolohtli*.

—Xochiyao y yo discutimos esa mañana —estaba narrando Tlilmiztli en ese momento—. El estrés fue demasiado para ambos, y ella optó por salir a tomar aire. No volvió. Más tarde descubrí que había sido secuestrada por los *Mictlantecuhtli*, ella consiguió enviar un mensaje a su celular, el cual dejó con una amiga antes de irse, y así me enteré que la llevaban a Tula y partí de inmediato en su busca. Las cosas se complicaron un poco, pero al cabo de una semana conseguimos tener todo bajo control.

Escuchándolo me tomó apenas unos segundos darme cuenta de lo que estaba haciendo: estaba sacando a Dan de la historia; ya iba a ser bastante difícil explicar mi presencia en el asunto, era mejor si su gente no tenía que saber que alguien más, una persona que en verdad no tenía relación con el *Temalacatl*, se había involucrado. Eso iba a hacer un poco complicado el explicar todo lo sucedido en la última semana, pero bien valía la pena.

—¿Complicaciones? —inquirió con mucha seriedad uno—. ¿Qué clase de complicaciones?

—Siendo que la *Tlapiani* Xochiyao fue la secuestrada, quizás ella pueda responder esa pregunta —sugirió Cuauhtzin.

Tragué saliva y enfoqué toda mi concentración en cada palabra que salía de mi boca, cometer un error, hablar de más, no era una opción en ese momento. Al final no fue tan difícil, me limité a no entrar en detalles; les dije que estuve un par de días de prisionera, y que cuando el líder de aquel grupo criminal me ofreció una salida que la tomé, siempre teniendo en cuenta que era una oportunidad para recuperar la mitad faltante del *Tlayolohtli*. Me alivió notar que Tlilmiztli no pensaba hacer comentario al respecto, no iba a mencionar las dudas que había tenido respecto a mi lealtad y mis intenciones; yo igual decidí no mencionar mis sueños, no era como que pudiera precisamente explicarlos tampoco así que les dije que había pasado así unos días hasta que a la primera oportunidad tomé la mitad del corazón y hui.

Tlilmiztli continuó el relato entonces: explicó que me hirieron, pero no dio detalles al respecto, y simplemente dijo que decidió esperar unos días para asegurarse de que estaba recuperada del incidente antes de prepararse para partir. Tampoco explicó por qué lo acompañé a Miramar, y nadie pidió que lo hiciera, no estaba muy segura de la razón, hasta que Cuauhtzin habló:

—¿Dónde están los tesoros? —inquirió él.

Tlilmiztli me indicó con un asentimiento de cabeza que los entregara. Por lo que me levanté, y ya sin apoyarme en el bastón fui hasta Cuauhtzin y le entregué uno por uno los tesoros que llevaba en mi bolso.

—Fue por esto que crucé a este lado —expliqué tranquilamente—. Fuimos víctimas de una emboscada por parte de los *Mictlantecuhtli*, estuvieron a punto de matarnos a ambos y obtener los tesoros, pero en el último momento pudimos escaparnos. El cruce de Tlilmiztli fue tan súbito que no pude entregarle los tesoros antes, por lo que no vi otra opción más que ir tras él, no se me ocurrió otra manera de mantener el pergamino y las piezas del *Tlayolohtli* a salvo.

Cuauhtzin asintió conforme tras observar los tesoros y pasarlos a aquellos a sus costados para que también los analizaran.

—Eh... disculpen, si no es mucha molestia me gustaría saber... —me atreví a volver a hablar antes de volver a mi lugar—. ¿Cuándo podré regresar a mi mundo?

—Sé que eso debe ser muy importante para ti, mi niña —declaró Cuauhtzin en un tono compasivo—. Pero todavía debemos discutir algunas cosas antes de poder arreglar todo para tu regreso a tu tierra.

Yo asentí, no era como que esperara que me enviaran de vuelta en ese momento, no dudaba que algo así requería cierta preparación.

Entonces empecé a escuchar voces, comentarios a mi alrededor que presentía eran acerca de mí; algunos murmuraban en el otro lenguaje, el que no comprendía, pero muchos estaban hablando en español. Sus palabras eran duras, frías, expresaban no sólo su desconfianza para conmigo, sino que algunos también manifestaban su desprecio; no me querían entre ellos, pero tampoco creían conveniente regresarme a mi hogar, algunos incluso discutían deshacerse de mí.

Creo que lo que siguió Tlilmiztli lo vio venir antes que yo misma, pues estoy casi segura que por un momento estuvo a punto de correr en mi dirección, de decir algo, pero fue demasiado tarde para cualquiera de los dos, pues en un instante había girado bruscamente, y de nuevo cara a cara con todos aquellos *Yaotecatl* ocurrió algo que nadie se esperaba; ni siquiera Tlilmiztli había llegado a verme así antes. Yo soy una persona que usualmente puede parecer muy tranquila, al extremo de ser pasiva en muchas ocasiones; sin embargo, una vez que alguien pasa mi límite… bueno, en una palabra: exploto. Y eso fue exactamente lo que sucedió en ese momento:

—¡Ya fue suficiente! —Eso definitivamente bastó para llamar la atención de todos—. ¿Cuál es el problema con ustedes?

No hubo respuesta, al parecer todos quedaron ano-nadados con mi súbito reclamo, ni siquiera Tlimiztli in-tentó callarme.

—Primero envían a Tlilmiztli en una misión que yo calificaría como suicida —comencé a explicar—. No me malinterpreten, es un gran guerrero, lo he po-dido comprobar en las semanas que tengo de conocerlo; pero enviarlo a enfrentarse solo a un ejército entero es algo que sólo haría alguien que lo desea muerto, o que en realidad no tiene idea de con qué está lidiando.

—Si tú crees ser tan inteligente, mujer, ¿por qué te entrometiste en el asunto entonces? —interrogó uno.

—Porque alguien tenía que hacerlo —repliqué—. Alguien tenía que ayudarlo; y siendo que no parecía que la ayuda fuera a venir de ustedes, decidí darla yo.

—Tú ni siquiera eres una *Tlapiani* —siseó una mu-jer—. Podrás usurpar el lugar de una, y dar tantas ex-cusas como quieras, pero lo cierto es que sólo eres una oportunista.

—¡Una oportunista! ¡Usurpadora! —Mi furia cre-cía a cada instante—. Todos ustedes… ni se imaginan, no me conocen. Admito que cuando ofrecí mi ayuda a Tlilmiztli no estaba plenamente consciente de cuán grave era la situación; pero cuando me enteré, eso no me hizo flaquear, sino que fortaleció mi decisión de se-guir ayudándole. Oportunista… ¿Creen que yo planeé todo lo que ocurrió desde la vez que vi a Acoatl?

—¿Vas a decir que fue sólo una coincidencia que estuvieras en el lugar exacto, en el momento preciso?

—me retó Ilhuicoatl—. ¿Que fue una mera casualidad o quizás intervención divina, o…?

—No tengo ni la más remota idea —la interrumpí—. Lo único que sé es que fue afortunado, no sólo para mí sino para todos ustedes, que yo haya estado ahí en ese momento, y de nuevo una semana después, cuando Tlilmiztli hizo su aparición. ¿Quién sabe? A lo mejor es herencia, después de todo mi bisabuela era parte del *Temalacatl*.

—Si es así, ¿por qué no fuiste tú su Heredera? —preguntó uno de los líderes.

—Tengo sangre extranjera —repliqué sencillamente—. Digo, sólo tienen que ver el color de mis ojos o de mi piel, varios ya han hecho notar que ambos son bastante evidentes. Mi bisabuela no me escogió como su Heredera porque una ridícula ley suya lo prohibía.

—¿Ridícula ley? —rugió otro líder—. ¿Es eso lo que piensa señorita?

—Sí. De hecho, recuerdo habérselo mencionado a Tlilmiztli en alguna ocasión. —Estaba demasiado molesta para intentar ser más prudente o serena—. ¿Saben? Cuando Tlilmiztli me contó por primera vez acerca de esta tierra, pensé que debía ser un lugar maravilloso; me hizo imaginar cómo sería mi país si los españoles jamás lo hubieran conquistado, si aquellas culturas hubieran prevalecido, y se hubieran fortalecido con el paso de los años, logrando convertirse en una nación fuerte y próspera. Pero poco a poco me fui dando cuenta que toda esa perfección sólo existía en mi imaginación, porque en su deseo de lograr superar a todos, sólo han logrado cometer sus mismos errores. El racismo, la intolerancia, la soberbia, la desigualdad, esas faltas y muchas más existen aquí, entre ustedes, igual que existen en mi mundo, igual que estoy segura existen en todas partes; lo único que cambia es en contra de quien actúan. Sé de su orgullo, un orgullo que les impide contar con todos los avances de la ciencia y la tecnología que podrían tener. Les hago ahora a ustedes una pregunta que le hice antes a Tlilmiztli: Si la vida de alguien importante para alguno de ustedes dependiera de doblegar ese orgullo, ¿lo harían? ¿O vale más el orgullo?

No hubo respuesta, y yo sólo pude suspirar.

—Y pensar que todo este caos se hubiera podido evitar desde un principio —no pude evitar murmurar, al tiempo que pasaba una mano por mi cabello.

—¿De qué hablas niña? —preguntó Cuauhtzin, eso parecía haber llamado su atención.

Consideré puntualizar que a mis veintidós años yo no era ninguna niña, pero al final me pareció que era inútil y me contenté con responder su pregunta.

—El líder de los *Mictlantecuhtli* es nieto de otro de los miembros del *Temalacatl* —expliqué—. No sé bien de cuál de ellos, ni en cuál de los puntos vivía. Lo que sé lo averigüé en la semana que estuve entre ellos, en Tula, cuando él intentó convencerme de volverme parte de su grupo. ¿Y saben qué es lo peor? Que si no hubiera estado tan convencida antes de ese momento que lo correcto era ayudar a Tlilmiztli a cumplir su misión, hubiera sido tan fácil creer las palabras de aquel hombre. Está loco, y tiene una manera muy violenta y hasta casi psicótica de manejar las cosas, y llegó a ese punto por un rechazo; porque después de pasar toda su vida intentando enorgullecer a su abuelo, intentando ganarse el derecho a ser parte del *Temalacatl*, de la noche a la mañana le dijeron que no era apto por algo que ni siquiera era su culpa. A menos que ahora me digan que es culpa de los hijos quienes resultaron ser los padres. —No pude evitar mostrar el veneno en mi tono de voz.

—Todo esto lo causó un traidor —murmuró uno.

Y los murmullos siguieron, la mayoría inofensivos, hasta que uno volvió a encender mi temperamento…

—¿Y cómo sabemos que ella no terminará haciendo lo mismo? —Era Ilhuicoatl de nuevo—. ¿Cómo sabemos que no usará esa misma excusa para volverse en nuestra contra apenas bajemos la guardia?

—Ustedes en verdad están llenos de prejuicios, ¿eh? —comenté con un dejo de sarcasmo—. Pero les voy a decir algo, ¿les parece a ustedes que una traidora se consigue algo así por gusto?

No pude más, alcé mi manga y arranqué de mi brazo la gasa adhesiva que tenía puesta, dejando a la vista de todos la cicatriz de mi herida de bala.

El silencio fue ensordecedor, parecía que de pronto nadie sabía exactamente qué decir.

—¿Cómo te hiciste esa herida, niña? —preguntó una de las líderes, en un tono de voz casi maternal.

—Huyendo de los *Mictlantecuhtli* en Tula —respondí honestamente—. Supongo que no les hizo mucha gracia que les quitara la pieza del *Tlayolohtli* que habían conseguido antes. Tlilmiztli llegó justo a tiempo para sacarme de ahí antes que me alcanzaran, aunque juro que por un minuto estuve segura de que no viviría para contarla.

Los líderes asintieron, aparentemente satisfechos con esa explicación.

—Entonces, ¿les parece suficiente? —inquirí, entre cansada y molesta—. ¿Les parecen un rozón de bala, dos tobillos lesionados, y docenas de moretones y rasguños en todo el cuerpo suficiente demostración de lealtad? ¡¿O necesitan que muera antes de admitir que hice lo correcto al ayudar a Tlilmiztli y que el color de mis ojos importa un comino?! —suspiré—. Estoy cansada, este último mes ha sido extremadamente agotador para mí, tanto física como mentalmente, creo que lo hubiera sido para cualquiera. Lo único que quiero en este momento es volver a mi hogar y encontrar la forma de regresar a mi vida normal, a la que llevaba antes de descubrir que existía otro mundo, y tesoros, y cosas que casi llamaría magia. No digo que no sea algo increíble, porque lo es, y me encanta haber podido ser parte de ello, sin importar lo riesgoso que se tornó en varias ocasiones, en verdad creo que las buenas experiencias superan las malas. El problema es que mientras yo estoy orgullosa de lo que logré hacer por Tlilmiztli, por su mundo y el mío, que sé que fue poco pero creo que fue importante; desde que llegué a este mundo sólo he escuchado palabras de duda, de desconfianza y de desprecio dirigidas hacia mí, y creo que eso es lo peor que podría pasar. Entiendo que soy una completa extraña, pero pensar que sólo porque mi piel es más clara que la de ustedes no puedo tener las mismas intenciones que tienen ustedes, buenas intenciones, para ambos mundos, me parece la peor falta de respeto que puede existir. Esperaba algo mejor de una sociedad que está a la altura de las mejores en todo el mundo —suspiré de nuevo—. Supongo que paso tanto tiempo en mis mundos de ensueño que me resulta difícil distinguir la realidad.

No dije más, mi coraje había pasado, y en ese momento el cansancio era demasiado para seguir mi discurso, para molestarme por los comentarios, o siquiera notarlos. Volví lentamente hasta mi lugar, pude notar que Tlilmiztli me miraba atentamente, parecía casi ¿preocupado? No estaba segura, casi sentía como si no estuviera completamente consciente en ese momento, me había sumido en un estado casi letárgico.

## Capítulo 10

# Recompensas

No supe en qué momento me quedé dormida, pero considerando que desperté cuando ya el cielo comenzaba a oscurecerse y recostada en una cama a la cual yo no recordaba haber llegado por mí misma, deduje que fue cuando estaba aún frente a todos aquellos guerreros. Por un momento me invadió la vergüenza de haber dado semejante demostración de debilidad ante tantas personas que sólo buscaban una excusa para considerarme menos, pero al final decidí que importaba poco.

Estaba contemplando si valía la pena salir del cuarto y arriesgarme a enojar de nuevo a la gente de Tlilmiztli, todavía debían estar bastante molestos por el arranque que tuve durante la reunión. Al final decidí que no valía la pena y fui a sentarme frente a la ventana.

Aquel lugar era tan hermoso, en verdad parecía la tierra de un sueño o alguna clase de fantasía, una en la que yo muy probablemente aún creería si no hubiera visto y vivido en los últimos días las peores características de quienes la habitaban. Es realmente increíble cómo puede cambiar la opinión de una persona respecto a las historias de aventuras cuando las vive en carne propia. En ese momento lo único que deseaba era poder llegar al final, dar por terminado todo y volver a lo de antes, a buscar mi lugar en el mundo, lo que quería hacer de mi vida.

La puerta se abrió suavemente, y viendo por encima de mi hombro pude notar a Tlilmiztli entrando en la habitación, una charola con comida en la mano.

—Estabas dormida cuando comimos, pero deduje que tendrías bastante hambre si estabas despierta para la cena —dijo él a modo de explicación.

Yo fui a sentarme en una de las dos sillas que estaban a los lados de la pequeña mesa donde él acababa de poner la charola con varios platillos; era una comida completa: ensalada, carne, sopa, tortillas, y, al parecer, limonada.

—Muchas gracias —dije sinceramente, a la vez que trataba de conservar mis modales—. Pero dime, ¿qué sucedió después de que me quedé dormida?

—Algunas cosas —admitió—. Te llevaron de vuelta al cuarto; la mayoría de los guerreros regresaron a sus deberes, pero los líderes se reunieron para discutir la situación.

—¿Y tú? —inquirí yo, preguntándome en cuál categoría encajaba él.

—A mí me pidieron que me quedara cerca en caso de que necesitaran más información —respondió él—. Por sí querían más detalles acerca de las dificultades que tuvimos cuando recolectamos el pergamino, si vimos a algún otro miembro del *Temalacatl*, esas cosas.

—Gracias por no involucrar a Dan en el asunto —le dije.

—No me pareció prudente —explicó él—. Lo cierto es que si su ayuda no hubiera sido tan necesaria cuando a ti te secuestraron yo jamás hubiera permitido que él se involucrara; y no lo digo por las reglas. Envolver a un humano sin poderes, sin conocimiento de todo lo que estaba sucediendo, es lo más imprudente que he hecho en mi vida.

—Y fue algo que salvó la mía —le recordé, aunque decidí no entrar en detalles, aún seguía demasiado cansada mentalmente para empezar otra discusión—. Pero entonces, ¿está todo en orden?

—Sí —asintió él—. Volverás a tu mundo mañana por la mañana; espero que tengas cuidado, especialmente si los *Mictlantecuhtli* siguen en la zona... —Quedó pensativo un momento—. Quizás deberíamos enviar a alguien contigo, por seguridad...

—No te preocupes por mí, estoy segura que todo saldrá bien. —Aún sin sueños premonitorios, tenía la extraña seguridad de que así sería—. Por cierto, supongo que la decisión tomada por el *Temalacatl* era tal y como afirmaban los rumores.

—Sí —asintió él—. Y es probable que, aunque no lo hubiera sido, los líderes hubieran decidido ignorarla después de todo lo que sucedió. En este momento realmente no parece una buena idea abrir el portal permanentemente.

—Entiendo. —Y en verdad lo hacía.

Por varios minutos no dijimos nada, y yo me contenté simplemente con comer la deliciosa comida que me fue ofrecida.

—Hay algo más que quería decirte —dijo él, de pronto muy serio.

—¿Ocurre algo malo? —Su cambio de tono me asustó.

—No malo —explicó.

—¿Entonces? —pregunté.

—Hay algo que encontramos escrito en el pergamino, que los líderes pensaron te haría bien saber —explicó él—. Sucede que no sólo escribieron acerca de la decisión tomada, sino que también de sus propuestas para herederos. Sólo dos de ellos proponían herederos, eran los únicos que sabían podían dejar el mundo de los vivos pronto; otros tres ya habían sido remplazados en años anteriores. Pero, en fin, el punto es que… —Por un momento pareció dudar, pero finalmente habló—. Tú debiste ser Heredera.

—¿Qué cosa? —Eso me sorprendió, después de todas las veces que habíamos discutido por qué eso no podía ser posible ahora me decía…

—Tu bisabuela te propuso a ti como su primera elección para Heredera —explicó —. Listó todas tus cualidades como persona, así como tu creciente don premonitorio y la sospecha que tenía de que desarrollases otro don, aunque no citó cuál. Te lo dije antes, dones como el tuyo son muy raros, el que tú lo tuvieras te convertía en la candidata perfecta para ocupar su lugar en el *Temalacatl*; pero al final el resto de los miembros votaron en contra, ni siquiera consideraron la posibilidad de discutir el asunto con mi gente, simplemente se opusieron a la decisión de tu bisabuela, decidieron obedecer la ley por encima de sus instintos.

Sorprendentemente me pareció notar que él estaba en desacuerdo con eso, pese a la actitud que proyectaba usualmente de seguir todas las reglas, ser un buen *Yaotecatl*, etcetera; en ese momento él realmente parecía pensar que los otros *Tlapiani* habían cometido un error al rechazarme sin intentar todas las opciones.

—¿Qué hay de mi tío? —inquirí yo interesada.

—Él, como todos los que descienden de una línea como la tuya siempre tuvo la habilidad de "sentir" algunas cosas. Tú puedes hacer eso también —me explicó él—. Pero hasta ahí. Por lo que pudimos leer de la decisión, tu bisabuela ofreció su nombre por ser la persona en quien más confiaba para ser discreto con los asuntos del *Temalacatl*, aunque ella siempre temió que su trabajo o su familia interfirieran con sus deberes.

—Pues yo entiendo por qué el sintió que tenía que traicionarnos por su familia —repliqué yo, a la defensiva otra vez—. Es exactamente por esa razón que yo hice hasta lo imposible porque mi familia no se viera involucrada en el asunto.

—Exacto, eso hiciste tú; él, en cambio, se descuidó —explicó él—. No le reprocho querer proteger a aquellos que son de su sangre, él simplemente no estaba preparado para lidiar con lo que implicaba ser un *Tlapiani*. Incluso aquella mujer que conocimos cerca de El Tajín estaba mejor preparada.

—Hablas de Valeria —deduje yo—. ¿Qué dijeron de ella?

—Nada. Ella no está listada como Heredera, porque su padre adoptivo no había propuesto Heredero cuando murió; nadie esperaba que muriera tan pronto, así que no insistieron. Lo cierto es que no hay forma de saber qué tan elegible es ella, siendo que es adoptada y todo eso; pero ahora ya no importa.

—¿Ya no importa? ¿Quieres decir que el *Temala-catl* se va a disolver?

—No, ¿qué te hace pensar eso? —No esperó una respuesta—. Los líderes han decidido eliminar la ley que prohíbe a aquellos con sangre extranjera ser *Tlapiani*. Lo cierto es que eso es algo que tarde o temprano se hubiera tenido que hacer; con el grado de mestizaje que hay en tu mundo, tarde o temprano toda la sangre pura de las culturas antiguas se perderá. Ahora lo que considerarán más importante es que el Heredero acepte la responsabilidad que implica ser un *Tlapiani*, y que esté listo para lidiar con las posibles consecuencias.

Yo asentí, me parecía bien.

—Lo cual significa que esa mujer, Valeria, se quedará como *Tlapiani* de El Tajín —siguió explicándome él—. Y tú ocuparás el lugar que te corresponde como la de Miramar.

—¿Yo? —Eso me sorprendió—. ¿Qué hay de mi tío?

—El consejo ha decidido liberarlo de la responsabilidad —explicó él—. Han llegado a la conclusión de que tú estás más capacitada para ser la guardiana de Miramar y sus secretos. A menos que ya no quieras…

—Será un honor —le aseguré de inmediato. Luego se me ocurrió algo—. ¿Decía algo en el pergamino sobre Ramón?

—Eso fue algo que en verdad me sorprendió —me informó él—. Él también fue elegido como Heredero, y el resto del *Temalacatl* se opuso por la misma razón que lo hicieron contigo; por ende, el Señor tuvo que escoger a alguien más.

—Si las cosas son así, no me extraña que el señor Munrieta hubiera preferido dejarle la responsabilidad a Valeria sin intentar convencer al *Temalacatl* primero —no pude evitar murmurar en voz baja—. ¿Qué harán con respecto a Ramón?

—Les dije lo que tú me habías dicho con respecto a su actitud y lo que él dice son sus intenciones —respondió Tlilmiztli—. El consejo esperaba enviarle un mensaje contigo; en un tiempo determinado enviarán un *Tlitlanecuilli* para cerciorarse que todo esté en orden, y esa persona podrá otorgarle a él el título oficial como *Tlapiani*, si él prueba que es más que un *Mictlantecuhtli*, que realmente merece ser parte del *Temalacatl*.

—Estoy segura que eso ayudará bastante.

—No sé cómo puedes tener tanta fe en un criminal.

—Porque no es un criminal, no realmente. Todo lo que pasó fue porque él se sintió empujado a ello, un problema psicológico que desarrolló como consecuencia del rechazo que sintió por parte de su abuelo.

—Ajá... —Él me miró extrañado—. ¿Exactamente de dónde sacaste esa teoría?

—¡Hey! —Me hice la ofendida—. Mi madre es psicóloga, algo se me tenía que pegar, ¿no? —Reí levemente—. Yo en verdad creo que Ramón no es malo, sólo necesita una razón para hacer las cosas correctamente.

—Si lo que dices es verdad, desde un principio él ha estado en un error —puntualizó mi compañero—. Él ha estado pensando todo este tiempo que fue su abuelo quien lo rechazó, pero lo cierto es que fue el resto del *Temalacatl* quienes hicieron precisamente eso.

—Quizás su abuelo pensaba que si dejaba que Ramón lo odiara sólo a él por el rechazo y no a todo el *Temalacatl* las consecuencias no serían demasiadas —sugerí yo.

—Pues estaba en un error —Tlilmiztli señaló lo obvio.

—Lo estaba —asentí —. Pero lo importante es que ahora podemos corregir ese error. Ramón sabrá que su abuelo no lo rechazó, que realmente lo consideraba digno; y eso lo hará una mejor persona. Todo saldrá mejor.

—Insisto, confías demasiado, ni siquiera lo conoces realmente.

—De eso se trata la fe, ¿no?

Tlilmiztli ya no me contestó, creo que no encontró palabras para hacerlo; y estaba bien, porque en ese momento me sentía perfectamente contenta y tranquila, lo que menos quería era empezar a discutir.


Mi ropa había sido lavada, incluso mi chalina, aunque ésta conservaba una muy leve tonalidad rojiza, como consecuencia de la sangre que la manchó al usar aquella prenda para intentar parar el sangrado de Tlilmiztli. No importaba, la vida de aquel amigo mío valía más que cualquier pieza de ropa.

Yo ya podía caminar bien, algo que agradecí sabiendo que tendría que hacerlo un rato para llegar al portal.

Un grupo de *Yaotecatl* me acompañaba, quizá los mismos que nos recibieron, quizás no, lo cierto es que Ilhuicoatl, Cuauhtzin y Tlilmiztli estaban entre ellos; todos parecían muy interesados en acompañarme; algo irónico, considerando que hasta el día previo más de la mitad no confiaban en mí.

En el camino tuve la oportunidad de acercarme a Tlilmiztli, tenía una pregunta que quería hacerle, que había estado en mi cabeza por varios días ya.

—Tengo una duda —le comenté al ponerme al lado de él—. A decir verdad, la tengo hace tiempo, pero siempre me olvidaba de preguntarte.

—¿De qué se trata? —me preguntó él.

—¿Por qué Xochiyao? —inquirí—. Tú me diste el nombre, y sé lo que significa en mi idioma, ¿pero por qué precisamente ese nombre? ¿O es que fue lo primero que se te ocurrió?

—No, para nada —respondió él, pareció como que estuviera decidiendo cómo explicarse—. En este mundo todos nacemos con un nombre, que nos ponen nuestros padres, como en el tuyo. La diferencia es que aquellos que elegimos el destino de un *Yaotecatl*, cuando hemos terminado el entrenamiento, tomamos un nombre nuevo, en el idioma de nuestros ancestros, de nuestra tierra, un nombre que sea una señal de lo que somos y por lo que luchamos. Ese nombre nos es dado por una persona muy cercana a nosotros, quiza uno de nuestros entrenadores, alguien de quien hemos obtenido una lección valiosa. Por ejemplo, Ilhuicoatl, ella recibió el nombre de su hermana, por eso es que son tan parecidos; Acoatl sabía cuánto su hermana la admiraba y deseaba ser como ella, y pensó que sería buena idea usar un nombre parecido. A mí me dio mi nombre un maestro que me enseñó la importancia de siempre darlo todo en la batalla, sin importar si hay posibilidad o no de conseguir la victoria, nunca rendirnos.

Eso explicaba su fervor en la pelea durante la emboscada por parte de los *Mictlantecuhtli*…

—Y a ti te di el nombre de Xochiyao… —siguió Tlilmiztli—. Al principio no lo dije con la intención de que lo tomaras; simplemente pensé que ese nombre te iba bien. Cuando me di cuenta que lo estabas usando como tu nombre no pude evitar sentirme… bien, satisfecho, orgulloso, no estoy seguro cómo definirlo.

—¿Pero por qué Xochiyao? —insistí, esa era una duda que realmente quería poder sacarme de la cabeza.

—Porque eres una flor —dijo él sencillamente—. Fue lo primero que noté cuando te conocí. Una flor es hermosa, muchas veces frágil y delicada, debe ser valorada y cuidada; no estoy diciendo que tú seas necesariamente frágil, si algo he aprendido desde que te conozco es que puedes ser muy fuerte… pero tú no naciste para pelear, no era tu destino. Y sin embargo, cuando se presentó una situación difícil, no dudaste en lanzarte a la batalla, sin aviso, sin entrenamiento, lo hiciste, te convertiste en una guerrera. —Esbozó una media sonrisa—. Así pues, no pude evitar verte como una flor-guerrera.

—Gracias. —Sonreí al mismo tiempo que bajaba la cabeza apenada.

Muchos días había pasado preguntándome qué razón podía haber tenido él para darme ese nombre, y habiéndome enterado... era algo increíble. La manera en que él me veía, lo que lo impulsó a llamarme Xochiyao, me llenaba de honor y alegría, y al mismo tiempo me apenaba sobremanera.

Llegamos a un pequeño valle muy cercano a la costa un rato después. Ahí pude ver la plataforma sobre la cual debía aparecer el portal, el camino de vuelta a mi propio mundo. Estaba a punto de acercarme a él cuando una mano me sujetó del brazo, deteniéndome. Apenas girarme un poco pude ver que se trataba de Ilhuicoatl, no pude evitar contener la respiración, lo que menos quería era otra pelea verbal justo antes de mi partida.

—Antes de que te vayas —empezó a decir ella, y pude notar que se sentía incómoda—. Sólo quería disculparme.

—¿Disculparte? —inquirí yo confundida—. ¿Qué te hace pensar que tendrías que hacer eso? Tú no has hecho nada mal.

—Te ofendí con mis palabras, lo sé, no necesitas mentir —me dijo ella—. Te juzgué sin conocerte, lo cual resultó ser no sólo una deshonra para ti sino también para mi hermana. Nunca debí pensar siquiera que ella haría algo para que su misión peligrara.

—Estabas afectada por la muerte de una persona querida para ti, eso lo entiendo —le dije tranquilamente—. Acerca de juzgarme, muchas personas lo hicieron, pero yo no guardo ningún rencor, las cosas son como son, cada quien tiene derecho a sus opiniones, y quiero pensar que he conseguido al menos un poco de aceptación de parte de tu gente.

—Eres demasiado noble, ya Tlilmiztli lo había dicho —puntualizó ella.

—Él está siendo parcial porque soy la única persona con la que tuvo contacto el último mes —dije con una risita, luego me volví seria de nuevo—. Pero lo que dije, fue en serio. No tienes de qué disculparte. Estamos en paz.

—Gracias —dijo ella bajando la cabeza.

No estaba segura si lo que iba a decir o a hacer era lo más correcto, pero mis instintos me estaban guiando en ese momento, y si algo había aprendido durante el transcurso de mi aventura era a no ignorar esos instintos.

—Estoy segura que donde quiera que esté, Acoatl está muy orgullosa de ti —murmuré al tiempo que me inclinaba para darle un beso en la frente a la joven.

Ilhuicoatl se quedó rígida por una fracción de segundo, cuando de pronto su cuerpo se relajó completamente, tanto que por un momento temí que cayera al suelo; apareció en su rostro una expresión de total calma y felicidad que me sorprendió. No tenía idea de qué era lo que había sucedido exactamente; llegué a sentir un dejo de alguna clase de energía en el instante en que toqué la frente de la muchacha; nunca sentí algo así antes, y presentía que fuera lo que fuera, era algo bueno.

—¿Exactamente qué hiciste ahora? —preguntó Tlilmiztli llegando junto a mí, sus ojos fijos en la figura aún inmóvil de Ilhuicoatl.

—¿Me creerías si te dijera que no tengo idea? —le pregunté por mi parte.

Él sólo alzó una ceja al tiempo que volteaba a mirarme.

—Es la verdad —le aseguré—. Se acercó para disculparse conmigo, le dije que no había necesidad, y conversamos un poco. Después, cuando me iba a marchar, sentí la imperiosa necesidad de decirle que su hermana estaba orgullosa de ella y la besé en la frente. Entonces se puso así.

Tlilmiztli pareció analizar cuidadosamente mis palabras, a la vez que mantenía un ojo en Ilhuicoatl, al cabo de unos momentos suspiró.

—Así que fue eso —declaró.

—¿Qué fue? —le pregunté.

—Tal parece que tras tu encuentro con Acoatl una parte de su energía quedó en ti, muy pequeña, apenas un dejo, que nadie hubiera notado a menos que estuviera buscándolo específicamente —me explicó él—. De alguna forma, cuando tocaste a Ilhuicoatl transferiste ese dejo de energía a ella. No sé cómo lo hiciste…

—¡Yo tampoco! —exclamé yo, alterándome un poco.

—La mejor manera de describirlo sería probablemente decir que proyectaste la energía... no lo sé —murmuró él—. La verdad es que no tengo idea si algo así ha sucedido antes... —Hizo una mueca antes de agregar algo más—. Quizá este es el otro don que tu bisabuela creía que tú tenías, el que no supo nombrar y nosotros no habíamos podido detectar.

—¿Pero qué clase de don es éste? —pregunté, confundida.

—No tengo idea —admitió él, luego se limitó a encogerse de hombros—. Quizá algún día lo sabremos.

—Quizá... —repetí.

Bueno, al menos aún me quedaba esperanza.


Mientras esperábamos que declararan que todo estaba listo, Tlilmiztli me explicó algunas otras cosas. Como que esperaban que algún día hubiera otra oportunidad para que ambos mundos se unieran. Él me dijo que en algún momento enviarían mensajeros a mi mundo para entregarle las piezas del *Tlayolohtli* y el cilindro con un pergamino en blanco a quienes serían sus guardianes hasta que llegase el momento y el *Temalacatl* volviera a reunirse.

El Círculo... del cual yo era parte oficialmente, como la *Tlapiani* de Miramar, mi deber era asegurarme que nadie en mi mundo encontrase las ruinas y el portal que había en ellas y conectaba al otro mundo; así como estar al pendiente en caso de que algún otro visitante llegara en algún momento.

Minutos más tarde, uno de los *Yaotecatl* se acercó a Tlilmiztli y a mí para informarnos que todo estaba listo para mi partida. Ambos caminamos hasta el altar, alrededor del cual aquellos que viajaron con nosotros se habían acomodado.

—Un regalo te tenemos antes de que partas, mi niña —me informó Cuauhtzin.

—¿Un regalo? —Aquello realmente me sorprendió.

Una mujer se acercó, sosteniendo en sus manos un paquete envuelto, Cuauhtzin lo desenvolvió frente a mí, para mostrármelo. Me quedé sin aliento. Era una flor cristalizada, pero no sólo eso: la forma de la flor se parecía mucho a la de las orquídeas, excepto que los pétalos eran una combinación de colores: rojo, naranja, amarillo, un dejo de azul y de morado… era increíble. Jamás había visto yo algo igual.

—Es preciosa… —murmuré, fascinada.

—Es una Xochiltlanezi —me informó con afecto Cuauhtzin—. Una flor de alborada, la flor más hermosa que crece en nuestras tierras y también la más valiosa. Ésta ha sido cristalizada, para permanecer siempre bella. Considérala nuestra muestra de agradecimiento, por todo lo que has hecho por nuestro mundo, así como todo lo que sabemos que harás por el tuyo en el futuro.

—Muchas gracias —no supe qué más decir, y sólo atiné a inclinar la cabeza, todo mi rostro encendido por la pena.

—Gracias a ti, mi niña —declaró el hombre con una sonrisa serena.

La flor cristalizada fue envuelta en la tela nuevamente y con cuidado la puse en mi bolso, junto con el mensaje para Ramón que me fue entregado antes de dejar la ciudadela.

—Que la buena fortuna te acompañe, y los espíritus cuiden tus pasos —me deseó Tlilmiztli justo antes de que subiera a la plataforma.

—A ti también —declaré —. Quizá algún día nos volvamos a ver.

—Quizá —repitió él.

Sí, definitivamente aún había esperanza.

Afortunadamente el regreso a mi mundo fue bastante menos accidentado que la llegada al otro. Al principio creí que las ruinas estaban vacías, hasta que alcancé a ver a alguien corriendo a la distancia.

*Hmm... han pasado dos días*, me dije. *Así que es normal que hayan decidido no quedarse aquí dentro. Esa figura que vi debió ser un guardia, o algo así; lo cual significa que ya saben que he vuelto.*

Y así era, apenas puse un pie fuera de las cuevas pude ver a Ramón, con la mayoría de sus hombres flanqueándolo; faltaban algunos de ellos, incluyendo los más violentos que había notado yo tanto durante mi estancia en Tula, como en la confrontación días antes ahí mismo, en Miramar.

—Así que has vuelto —comentó Ramón intrigado.

—Pues desde luego —respondí —. Este es mi mundo, mi hogar. —De pronto noté dos ciertas ausencias—. ¿Dónde están mi tío Carlos y mi amigo Dan?

Por toda respuesta él me señaló hacia unas dunas a mi derecha, ahí pude verlos a ambos, y varios de los *Mictlantecuhtli* estaban muy cerca.

—Están a salvo, no les hemos hecho daño —declaró él—. Te lo dije antes, nosotros no somos Señores de la Muerte, aunque tu otro amigo eso quiera pensar.

No mencionó a los hombres que le faltaban, y yo tampoco lo hice; al fin y al cabo, mientras no me lastimaran a mí o a mis seres queridos, no eran asunto mío.

—¿Ah sí? —inquirí—. Si es así, pruébalo.

—¿Cómo? —preguntó Ramón, parecía interesado.

Por toda respuesta metí mi mano en mi bolso y saqué el mensaje enrollado que me dio Cuauhtzin para Ramón.

—Esto es para ti —le expliqué, entregándoselo.

Ramón me miró con desconfianza, pero igual tomó el rollo de papel que le ofrecía, rompió el sello de cera y lo abrió. Unos cuantos minutos transcurrieron en lo que yo imagino tuvo que haber leído el mensaje varias veces, finalmente alzó los ojos para verme directamente; pude ver al menos media docena de emociones diferentes chocando.

—¿Es esto cierto? —inquirió él agitando el papel.

—¿Por qué iba a mentirte? —Vaya que era desconfiado.

—Buen punto —admitió él—. Entonces, según esto yo debí haber sido *Tlapiani*…

—Así es —asentí yo—. Tú fuiste la primera opción de tu abuelo, pero la mayoría se opuso argumentando que iba contra las leyes. Mi caso fue bastante similar, a decir verdad.

—¿Entonces voy a pertenecer al *Temalacatl*? —inquirió él.

—No tan rápido —lo detuve—. Según me dijeron, y el mensaje debió explicarte a ti, primero tienes que probar que mereces ser un *Tlapiani*. En cierto momento, realmente no sé cuándo, van a enviar un grupo de *Tlitlanecuilli*, a volver a poner los tesoros bajo la protección de ciertos *Tlapiani*, y para tomar una decisión con respecto a ti. Si en ese tiempo has probado que la elección original de tu abuelo era la correcta, que realmente mereces ese lugar más que quien lo tiene en este momento, será tuyo oficialmente. Si no…

—Entiendo —asintió, entonces me pareció escucharlo decir algo más en voz baja—. Él sí confiaba en mí…

—Así que supongo que deberás comenzar por sacar a tus hombres de aquí y volver a donde quiera que debas estar —puntualicé—. Y no quiero más problemas por aquí de parte tuya o de tu gente.

—Sí —asintió él, haciéndole una señal a sus hombres—. ¿Darte problemas?

—Sí, como ya debe ser obvio, la ley esa ridícula de que aquellos con sangre extranjera no pueden ser del *Temalacatl* se retiró —expliqué—. Yo obtuve el puesto aquí en Miramar. Seré la encargada de mantener el secreto en Miramar, así como de recibir a cualquier posible visitante... Debo informarle a mi tío que él ya no tendrá más esas responsibilidades. Sospecho que le estoy haciendo un favor...

Ramón no respondió, sólo asintió y fue a organizar a sus hombres para marcharse.

Yo escalé la duna hasta donde se encontraban Dan y mi tío Carlos.

—¡Dan! ¡Tío! —exclamé mientras intentaba recuperar el aliento, no era fácil escalar dunas—. ¿Están bien?

—Sí, supongo que sí. Si no contamos con que no nos han dejado irnos de aquí desde que desapareciste en esa esfera de luz hace dos días... —comentó Dan en un tono entre sarcástico y cansado.

—Esa esfera de luz era el portal —puntualicé—. Y en verdad siento las molestias, no creí que me fuera a tomar tanto tiempo volver.

—¿Todo salió bien? —inquirió Dan.

—De maravilla —respondí—. Al principio las cosas estuvieron un poco difíciles, porque la gente no confiaba en mí y esas cosas, pero pudimos superar nuestras diferencias.

—¿Qué hay de la decisión? —preguntó mi tío.

—El Consejo confirmó la decisión del *Temalacatl* —le respondí—. Es un no, a revelar la existencia del otro mundo y permitir un paso indiscriminado, al menos por ahora, aún esperamos que llegue el día en que ese no se convierta en un sí. —Entonces recordé algo más—. Por cierto, tío, me pidieron que te informara que has sido liberado de tu responsabilidad.

—Ya veo. —Increíblemente aquello no pareció sorprenderlo—. Así que por fin decidieron darte tu lugar.

Yo asentí, ruborizándome.

—Sabes que la abuela siempre quiso que fueras tú —señaló mi tío—. Ella me lo dijo, siempre lo quiso, desde que eras pequeña. Pero ella sabía que las leyes del otro mundo lo prohibirían, y como lo que menos quería era que te hicieras ilusiones de cosas que ella sabía serían imposibles, por eso nunca te dijo nada. Al final me pasó a mí su lugar, pero me dijo que ella aún guardaba la esperanza de que algún día alguien se diera cuenta de lo mucho que vales y entonces tendrías el lugar que te mereces.

No pude contener la sonrisa, la idea de poder enorgullecer a mi bisabuela, de ocupar el lugar que ella siempre deseó para mí… en ese momento supe exactamente lo que Ramón debía estar sintiendo.

Dan me sonrió mientras me ofrecía la mano para guiarme hasta donde dejamos el auto. Y mientras caminábamos no pude dejar de pensar en lo mucho que habían cambiado las cosas en las últimas semanas. Cuatro semanas, apenas un mes, y mi vida había cambiado por completo.

Reí levemente de pronto.

—¿Qué sucede? —preguntó Dan, curioso por mi inesperada risa.

—Creo que finalmente he encontrado mi lugar en el mundo —le expliqué.

—¿En serio? —preguntó él.

—Sí —asentí completamente convencida.

—Bien, me alegro por ti —me felicitó él.

Sí, definitivamente había encontrado mi lugar en el mundo, ahora sólo me faltaba tomarlo y asegurarme de vivir esa vida al máximo.

A partir de ese día todo sería mejor...

# Epílogo

En efecto, a partir de ese día todo fue mejor, no perfecto, porque nada lo es, pero definitivamente mejor de lo que fue hasta entonces.

En los cinco meses que pasaron desde que salí de las ruinas de Miramar, después de aquella corta visita al otro mundo, muchas cosas sucedieron…

Yo me mudé definitivamente a la casa que me dejó mi bisabuela, decidí convertir eso en el primer paso a mi nueva vida, a mi independencia. Pasé cerca de un mes estudiando todos los registros que había de la tienda antes de volver a abrirla. Sabía que ella me legó aquel negocio y la casa por una razón, y esta no era para tenerlos cerrados guardando polvo. Aún tengo la Xo-chiltlanezi que me regalaron en el mostrador; todos los clientes que llegan me preguntan qué es, yo les digo que es un gran tesoro, un regalo muy valioso que me fue dado por grandes amigos, y en eso fue en lo que se convirtió Tlilmiztli, un gran amigo al que no sé si algún día volveré a ver, aunque todavía guardo la esperanza.

Sobre lo que mis padres esperaban de mí... pues terminé por convertir aquella excusa de la maestría en una realidad; continué mis investigaciones de las culturas prehispánicas y la historia de México y entregué el resultado a una de las instituciones educativas como parte de los trámites para ingresar a la maestría de Antropología Social. Empiezo el próximo lunes. ¿Quién diría que algún día terminaría convirtiendo el estudio de las culturas en parte de mi vida diaria? Yo no, antes de que toda esta locura comenzara ni siquiera me interesaban las culturas antiguas. Por otra parte, el día que lo anuncié a mi familia mi madre me miró de una forma muy curiosa, casi como si siempre lo hubiera sabido... Con ella es difícil estar segura de lo que siente, tiene esa manera de saber cosas que no debería saber, como cuando regresé de Tula herida, y explicó todo usando la excusa de que es una madre. Quizá eso nunca lo entenderé, quizás cuando tenga hijos... algún día lo sabremos.

Descubrí también cuán equivocada estuve con respecto a mi padre y su actitud hacia mí y la carrera que elegí. No era que hubiera escogido algo que él no aprobaba, o el hecho de que no hubiera seguido sus pasos, como hizo mi hermana. Él sólo odiaba que yo hubiera terminado mis estudios y no estuviera haciendo nada con ellos (hacía parecer como que todos esos años de estudio no habían servido para nada, supongo). Él no quería que yo terminara en una especie de limbo. Supongo que simplemente no sabía cómo decirlo, y yo no estaba lista para escuchar. Las cosas mejoraron, finalmente.

Tras algunas semanas recibí una llamada de Valeria para decirme que una mensajera le había llevado uno de los tesoros, ella era ya oficialmente una *Tlapiani*. La felicité por ello. Conversando, Valeria se enteró del negocio que heredé de mi bisabuela; y siendo que su padre adoptivo se caracterizaba por sus donaciones al arte prehispánico, ella ofreció hacer lo mismo conmigo. Yo no creí que la tienda lo necesitara, pero entonces se nos ocurrió una idea: crear un lugar donde se le pueda enseñar, a quienes estuviesen interesados, a crear arte del estilo que se creaba en aquella época, por esas culturas; nuestra intención es rescatar el arte prehispánico. Aún no tenemos todas las bases cubiertas, todo el asunto está en planes, pero sabemos que cuando lo hagamos será algo grandioso.

A Ramón no lo volví a ver después de ese día en la playa, aunque me llegó un correo electrónico confirmándome que él había sido elegido como *Tlapiani*, así que supongo que algún día lo veré en una de las reuniones del *Temalacatl*. También sé que la mayoría de sus hombres siguen trabajando juntos, se convirtieron en un grupo activista, o algo así, no estoy muy segura exactamente.

Dan y yo reparamos ese distanciamiento que yo sentía que se estaba formando entre nosotros, aunque ciertamente sólo había sido de mi parte. Hemos hecho una costumbre de comer juntos al menos una vez a la semana, y cuando nuestras obligaciones lo permiten quizá ir al cine o a cenar. Creo que hay la posibilidad de algo bueno, algo increíble entre nosotros, realmente lo deseo, pero no quiero apresurar las cosas; es bueno tomarse su tiempo cuando se puede, cuando no está uno siendo perseguido por una bola de locos, o en una carrera contra el tiempo para rescatar tesoros.

Las habilidades que descubrí durante aquellas semanas las fui perfeccionando. No soy capaz de controlar lo que sueño, aunque me he vuelto mejor para interpretarlos; sentir las cosas se convirtió en algo tan natural para mí como cualquiera de los cinco sentidos usuales; y el otro poder... aún no estoy segura qué es exactamente, lo uso esporádicamente, casi siempre por accidente pero aún no sé bien cómo funciona; aunque Dan me ha dicho que cuando lo he usado con él siente como una energía que recorre todo su cuerpo, una energía que parece cargar las emociones que esté sintiendo en ese momento; y a veces ni siquiera es mi energía, sino energía de alguna otra persona, o cosa, que se me pegó en algún momento. Algún día alguien me va a tener que explicar bien en qué consiste todo el asunto y para qué se supone que funciona.

Vivir aquella aventura me dejó mucho, aprendí muchas cosas de Tlilmiztli y su gente, así como de la mía; pero creo que lo más importante es que aprendí mucho de mí misma. Me di cuenta que soy capaz de muchas cosas que nunca hubiera imaginado posibles cuando tengo la motivación para ello; descubrí que, si bien no soy precisamente fuerte, tampoco soy tan frágil como creí ser una vez, puedo hacer muchas cosas, sólo necesito quererlo. Pude ver y aceptar que, así como hay muchas cosas malas en el mundo, en cualquiera de los mundos, también hay muchas buenas, y es por esas por las que vale la pena seguir luchando, seguir esforzándose por salir adelante. Y lo más importante de todo, fue que encontré mi lugar en el mundo, el lugar a donde pertenezco, donde creceré, y cometeré errores, y gracias a ellos mejoraré; el lugar donde viviré mi vida.

Definitivamente aquella aventura mía no fue un cuento de hadas, pero fue real, lo crean o no, lo fue, y cambió mi vida...

# Glosario

Xochiltlanezi – Flor de alborada

**<u>Puntos del Círculo y sus culturas</u>**

Miramar (Huasteca)

Tula (Tolteca)

El Tajín (Totonaca)

Monte Albán (Mixteca)

Tulum (Maya)

Teotihuacan (Teotihuacana)

Tenochtitlán (Azteca)